랭커의귀환

상위 0.001% 랭커의귀환 11

2023년 12월 14일 초판 1쇄 인쇄
2023년 12월 19일 초판 1쇄 발행

지은이 유우리
발행인 강준규

기획 이기헌 왕소현 임동관 박경무 강민구 조익현
책임편집 김홍식
마케팅지원 이원선

발행처 (주)로크미디어
출판등록 2003년 3월 24일
주소 서울시 마포구 마포대로 45 일진빌딩 6층
Tel (02)3273-5135 **Fax** (02)3273-5134
홈페이지 rokmedia.com **E-mail** rokmedia@empas.com

© 유우리, 2023

값 9,000원

ISBN 979-11-408-0884-7 (11권)
ISBN 979-11-408-0799-4 04810 (세트)

CONTENTS

공허의 저편 (2)

　

－너, 너…… 그건! 아니, 그분은!

당황한 미르바나의 목소리가 나지막이 울려 퍼졌다.

얼마나 놀랐으면 미쳤던 정신이 잠시 정상으로 돌아왔을까.

강서준은 달려들던 자세 그대로 굳은 미르바나의 시선을 말없이 마주했다.

녀석의 행동을 이해하지 못할 바는 아니었다.

아무렴 그럴 것이다.

'이건 마왕의 아이템이니까.'

마왕 제레브의 반지.

차원 서고 2층에서 발견한 S급 아이템으로, 레벨 400에 달하는 마왕의 영혼이 봉인되어 있는 물건.

당황할 수밖에 없으리라.

'미르바나는 마왕한테 꼼짝도 못 하니까.'

협곡의 광전사는 마왕의 직속 수하이자, 마왕만을 섬기는 신실한 종이었다.

비록 놈이 따르는 마왕이 아닐지라도 감히 적의를 보인다는 것 자체가 불가능한 일이다.

'물론 진짜 마왕을 소환할 수 있는 건 아니지만……'

마왕 제레브의 반지는 섭종 보상이 아니었다.

즉 아무런 봉인도 되어 있질 않아 제한 레벨이 되기 전에 착용해선 안 되는 물건이란 뜻이다.

모르긴 몰라도 지금 이 반지를 착용한다는 건, 사실상 자살행위나 다름없다.

[장비 '마왕 제레브의 반지'에서 '마왕 제레브'가 당신을 바라봅니다.]

반지를 손에 움켜쥐었다는 것만으로도 이처럼 자기주장이 강렬한 녀석이다.

조금씩 그의 몸으로 마기를 주입해서 침식하려는 낌새마저 보이고 있었다.

그오오오오옥!

그러니 이건 착용해선 안 된다.

'그래. 착용하지 않으면 돼.'

강서준은 씨익 웃으며 마왕 제레브의 반지에서 흘러나오는 마기를 내려다봤다.

역시 마왕이 봉인된 장비였다.

착용하질 않아도 이렇게나 막대한 양의 마기가 제멋대로 흘러나오고 있었다.

그리고 이 정도의 마기라면…….

'충분히 사용할 수 있어.'

거두절미하고 강서준은 반지를 대상으로 도깨비불을 발동시켰다.

착용하지 않아도 눈에 보이는 마기를 불태우는 것쯤은 어렵지 않게 해낼 수 있었다.

농밀한 마기가 원료로 사용되니, 도깨비불은 여태와는 비교조차 안 될 거센 불길을 일으켰다.

'크기부터 다르네.'

거짓말이 아니고 이 정도면 도깨비불로 산불도 일으킬 수 있을 것만 같았다. 확실히 마왕이 가진 마기의 양은 다르긴 달랐다.

['도깨비불'이 '정제된 마기'를 불태웁니다.]

기대보다 훨씬 큰 화력에 미르바나의 몸이 움찔했다.

그리고 점차 그를 바라보는 미르바나의 표정이 험상궂게 변하고 있었다.

몸집은 한층 커지고 근육질은 도드라졌다. 눈으로 혈광을 뿜어내며 입으로 거대한 마기를 안개처럼 흘렸다.

[엘리트 몬스터 '협곡의 광전사 미르바나(A)'가 스킬, '광폭화(狂爆化)를 발동합니다!]

놈의 눈에서 더는 이성을 찾을 수 없었다. 아예 의식조차 날려 버리는 최후의 필살기였다.

미르바나는 분노를 광기로 표출했다.

―감히이이이…… 마왕님으으으을! 네놈이이이이이!

공간이 터지는 소리가 울리며 멀찍이 떨어져 있던 미르바나가 눈 깜빡할 새에 정면에 나타났다.

거대한 마기를 담은 쌍도끼를 위에서 아래로 내리찍었고, 이에 대항하여 강서준은 도깨비불을 휘둘렀다.

콰아아아아앙!

힘의 크기는 얼추 비슷했다.

검붉은 마기와 투명하게 푸른 불꽃이 서로 뒤엉켜 일시에 폭발하고 있었다.

결국 두 사람은 충격에 의해 뒤로 튕겨 나가고 말았다.

미르바나가 입을 콱 벌리더니 마기를 응축시킨 공을 빠르게 쏘아 댄 건 그때였다.

[엘리트 몬스터 '협곡의 광전사 미르바나(A)'가 '마기포'를 발동합니다.]

투콰카카카캉!

기관단포로 쏘아 대는 총알처럼 강서준을 노리고 날아오는 게 심상치 않았다.

'많기도 하군.'

류안으로 놈의 마기포를 확인한 강서준은 지그재그로 달리며 공격을 피해 냈다.

[스킬, '마기 집중(F)'을 발동합니다.]

그리고 빠르게 들판을 주파하여 놈에게 접근했다. 그를 스쳐 지나간 마기포가 지면에 닿아 연쇄 폭발을 일으켰다.

곧 가까이 다가서니 놈도 쏘아 대던 마기포를 거두어들이고, 쌍도끼를 들고 맞대응을 해 왔다.

비등비등한 공격이 서로를 향해 나아가고 있었다.

콰아아앙! 콰아아아앙!

'이대로는 끝도 없겠군.'

제아무리 마왕의 반지에서 마기를 끌어 쓴다고 해도 한계는 있는 법이다.

게다가 믿고 싶진 않지만, 미르바나는 아직 본실력을 전부 드러내지 않은 상태였다.

'협곡의 광전사…… 진짜 미친놈이야.'

미칠수록 강해지고, 피폐해질수록 더욱 큰 힘을 만들어 내는 존재.

죽음에 가까워질수록 초월적인 몬스터로 현현하는 게 바로 이놈이었다.

그래서 놈을 상대하는 최선의 공략법은 오직 단기 결전이었다.

'여기서 더 시간을 끌어 봤자 마기의 총량에서 다시 밀릴 뿐이야.'

무수한 공격을 주고받으면서도 강서준은 머리를 빠르게 회전했다.

마왕의 장비를 활용하고도 쉽게 우위를 점할 수 없다면…… 아직 무언가가 부족하다는 거다.

'방법은…….'

협곡의 광전사는 미친놈답게 패턴이라 할 게 없다.

오직 피지컬로 상대해야 한다.

해서 강서준은 그 피지컬에 맞대응할 만한 '힘'을 '마왕의 마기'로 보강했다.

만약 그걸로 부족하다면?

여기서 놈을 더 능가하려면 무엇이 더 필요한 걸까.

답은 간단했다.

'……속도.'

강서준은 호흡을 가다듬으며 생각도 정리했다. 속도를 끌어올리기 위한 최적의 방식을 그는 이미 알고 있었다.

'맹수의 울음. 그리고 광속.'

그의 몸에서 마치 맹수가 포효하는 것처럼 묵직한 울림이 생겨난 건 그때부터였다.

전신에서 시작된 거대한 울림은 강서준의 속도를 한계 이상으로 끌어낼 것이다.

[스킬, '마수의 울음(F)'을 습득했습니다.]

[스킬, '마광속(F)'을 습득했습니다.]

땅의 검술인 '지(地)'의 묘리를 응용하여, 마력 대신 마기를 활용해 본 것이다.

'정말 될 줄은 몰랐지만…….'

다만 원료를 마기로 사용해서 그런지 더욱 거친 흐름이 생겨났다.

들끓는 마기는 대단히 강력했지만, 도통 제어할 수 없는 속도로 그를 이끌었다.

진동할 때마다 신체의 곳곳이 붕괴되는 것도 덤이었다.

콰아아앙!

한 번의 내디딤에 발끝에서 마기가 폭발하듯 분출됐다. 주먹을 휘두를 땐 공기가 터져 나가는 느낌마저 들었다.

심장도 터질 듯이 방망이질해 댔고, 울컥 피가 역류해 정신도 혼미해졌다.

'미친…… 기술이야.'

하지만 그만큼 미르바나의 몸에도 심각한 대미지가 누적되고 있었다.

─크아아아아악!

놈이 마지막 발악을 하듯 포효했고, 강서준은 결코 멈추는 일이 없었다.

'지금 여기서 멈추면…… 무리해서 진동시킨 마기가 내 몸을 완전히 파괴할 거야.'

'정제된 마기'라 해도 '마기'는 역시 악마의 힘이다.

진동시킨 마기가 폭주하는 기관차처럼 강서준의 혈도를 어지럽히고 있었다.

그러니 가능한 한 빨리 마기를 밖으로 배출시켜 소모하는 게 최선이었다.

'이 한 방에 모든 걸 담는다.'

강서준은 넝마가 된 미르바나의 얼굴을 내려다보며 높이 뛰어올랐다.

그의 손에서 진동한 마기와 마왕의 마기가 더해져, 한층 더욱 커진 불꽃이 활활 타오르고 있었다.

-우어어어어!

놈이 기합을 지르며 억지로 몸을 일으키려 했지만, 떨어져 내리는 강서준의 주먹을 막아 낼 수는 없었다.

위에서부터 아래까지 빠르게 관통한 주먹이 바닥까지 닿아 거대한 크레이터를 만들어 냈다.

쿠구우우우웅……!

[마기가 전소되었습니다.]
[스킬, '도깨비불'이 해제됩니다.]

잠시 흐른 적막 뒤로 거대한 먼지구름이 일었다. 강서준은 그 중앙에 서서 희미한 시선으로 싸늘한 주검을 내려다봤다.

[엘리트 몬스터 '협곡의 광전사 미르바나(A)'를 처치했습니다.]
[레벨이 올랐습니다.]
[레벨이 올랐습니다.]
[레벨이 올랐습니다.]
[레벨이……]

각종 버프까지 받아 한층 강화된 마족다운 보상이었다.

빠르게 올라가는 레벨을 보며 강서준은 낮게 기침을 토해 냈다.

솔직히 그의 상태도 정상은 아니었다.

"두 번 할 짓은 아니야. 정말……."

지친 눈으로 먼지가 가라앉길 기다리니, 멀찍이 떨어져 있던 링링이 다가와 물었다.

"괜찮아?"

"응. 다행히 몸은……."

그녀도 걱정이란 걸 하는 걸까.

"그럼 됐어. 일어나. 컴퍼니는 이미 서쪽으로 도망쳤어. 지금 쫓아야 해."

그럼 그렇지.

그의 말을 잘라먹고 바로 본론을 꺼낸 링링을 가만히 올려다보던 강서준은 짧게 한숨을 뱉어 냈다.

그리고 나지막이 입을 열었다.

"놓쳐도 괜찮아. 이미 꼬리를 붙여 놨으니까."

강서준의 시선은 컴퍼니가 도망쳤다는 서쪽으로 향했다.

─오오…… 느껴진다. 느껴져!

그 시각.

조용히 몸을 숨기고 있던 알리는 부르르 몸을 떨며 환호했다.

거리는 멀었지만 또렷한 왕의 시선이 느껴졌던 것이다.

─왕이시여! 저 알리는 임무를 성실히 수행하고 있나이다!

잠시 의사를 전하고 알리는 빠르게 걸음을 옮겨 가까운 몬스터의 무의식으로 들어갔다.

정신방벽이 높은 플레이어의 무의식에 들어갔다간, 발각될 위험이 있으니 어쩔 수 없었다.

점차 몬스터의 무의식을 뛰어넘어 플레이어의 근처에 다가서니, 놈들의 목소리가 들려왔다.

"젠장…… 케이가 나타났어! 더 빨리 움직여야 해!"

"진정해. 진정하자고!"

"우리 괜찮을까? 할 수 있는 거지?"

그나저나 인간들의 행동은 참 요란스럽기 그지없다.

육식 동물을 만난 초식 동물처럼 벌벌 떨기만 하는 꼴이 꽤 우습게 보였다.

이런 허접한 인간을 추적하라는 명은 다시 생각해도 이해하기 어려울 따름이다.

하지만 알리는 그저 명에 순종하기로 했다.

왕의 말은 절대적이니까.

신실한 수하인 그는 반드시 성과를 내보이겠다고 굳게 다짐할 수 있었다.

─왕이시여! 조금만 기다리소서!

게다가 이놈들이 벌벌 떠는 이유가 그의 왕인 '강서준'을 봤기에 그러는 것이다.

대리 만족 또한 상당했다.

한편 놈들은 공허의 저편을 한참 걷더니, 꽤 웅장한 규모의 협곡으로 진입하고 있었다.

광활한 들판에 유일하게 솟은 암벽. 그 사이를 지나치니 곧 뭔가를 통과했단 느낌을 받았다.

모르긴 몰라도 협곡 자체에 결계가 펼쳐진 것 같았다.

그때였다.

[시스템에 의해, 플레이어 '강서준'과의 연결이 끊어졌습니다.]

당혹스러운 감정이 먼저 들었다.

종전까지만 하더라도 선명하게 느껴졌던 왕의 기척이 사라지고, 그는 허허벌판에 홀로 남겨져 있는 것이다.

-와, 왕이시여!

몇 번이나 다시 불러도 왕은 대답하지 않았다.

알리는 미간을 찌푸리며 몬스터의 무의식에서 빠져나왔다. 그리고 종전에 지나친 결계를 넘어 밖으로 나가 봤다.

파지지직!

잠시 스파크가 튀었지만 다행히 밖으로 나가는 건 어렵지 않았다.

그리고 나가자마자 왕과의 연결이 다시 이어졌다는 소식도 들어, 적잖이 안심할 수 있었다.

-후우…… 다행.

나지막이 혼자 중얼거리려니, 협곡의 한쪽에서 인기척이 들려왔다.

빠르게 바위틈으로 몸을 숨긴 알리는 긴장한 얼굴로 주변을 살펴봤다.

천계에서도 정신만 차리면 천사를 타락시킨다는 마계의 명언을 되새기며, 알리는 일단 임무에 집중하기로 했다.

'왕께 연락할 방법을 알았으니, 이젠 괜찮아.'

상황이 어떻든 임무는 수행해야 한다. 알리는 방금 전의 인기척을 따라 움직이기로 했다.

-호오?

머지않아 알리는 광장처럼 넓어진 협곡의 한쪽을 발견할 수 있었다.

여러 개의 길이 이곳 광장으로 연결되어 있었다.

그리고 그 중앙엔 정체를 알 수 없는 기계들이 잔뜩 늘어져 있었다.

뭐지?

투명한 유리 상자가 있었고, 그곳으로 연결된 호스에서 수시로 무언가가 주입되고 있었다.

더욱 살펴보니, 여러 몬스터들은 유리 상자와 연결된 채로

'피'를 뽑히고 있었다.

–흐으으음…….

보면 알 수 있을까.

그저 알리가 고민에 빠질 즈음.

"야, 이 개자식들아! 이거 안 놔? 놓으라고…… 놔!"

누군가가 협곡의 중앙으로 질질 끌려오고 있었다. 미간을 좁힌 알리는 눈을 동그랗게 떴다.

저자는…… 왕께서 찾는 남자가 아닌가.

이름이 '켈'이라고 하던가?

◆◆◆

켈은 양팔이 묶여 질질 끌려가며 생각했다.

'낭패다.'

몇 번이나 고민해 보고 눈알을 굴려 봤지만, 이 상황을 빠져나갈 방법은 떠오르지 않았다.

어쩌다 이렇게 되어 버린 걸까.

환상에서 겨우 벗어나 몬스터를 피하여 이리저리 도망치던 와중이었다.

그는 별안간 습격을 받았다.

'내가 너무 안일했어. 환상에 걸렸을 때부터 눈치챘어야 했는데…….'

여기는 '공허의 저편'이라는, 마력이 제한되고 반마력이 생성되는 애매한 지점이다.

그리고 이곳의 몬스터는 공허로 넘어가기 직전에 해당하는 존재들.

마력보다 반마력에 친숙한 놈들이다.

'반마력을 다루는 놈들이 환상을 만들어 낼 수 있을 리가 없잖아.'

마력은 플러스 개념의 힘이고, 반마력은 마이너스의 힘이다.

즉 '마력'은 주로 무언가를 만들어 낼 때에 쓰고, '반마력'은 부술 때에나 쓰는 힘이었다.

물론 '반마력'도 극에 달하면 고작 부수기만 하는 힘은 아니지만…… 이곳의 몬스터는 말했듯 '불완전한 공허의 몬스터'였다.

온전하게 반마력을 쓸 수도 없는 존재들이다. 그런 놈들이 어찌 환상 마법을 능숙하게 해낼까.

결국 그에게 '환상'을 걸었던 주체는 따로 있는 것이다.

켈은 주변을 에워싼 흰 가면을 둘러봤다. 분명 컴퍼니 소속의 직원들이었다.

'……이놈들, 소속부터 알아야겠는데.'

전부 가면을 쓰고 아무런 말도 꺼내질 않았지만, 켈은 머지않아 놈들의 정체를 알 수 있었다.

아무렴 눈앞에 나타난 장발의 사내를 그가 모를 수가 없었다.

복장부터 티가 난다.

"······그리샤."

켈이 중얼거리는 소리를 들었을까.

장발의 사내, '그리샤'가 낮게 웃음을 터뜨렸다.

켈은 짧게 혀를 차더니 비아냥대는 말투로 입을 열었다.

"착각하고 있나 보군. 날 죽인다고 네가 내 자리에 오를 수 있을 것 같냐?"

컴퍼니의 유럽 지부.

그중에서도 여러 상황 수습과 각종 아이템 수거를 전담하는 팀을 처리반이라 한다.

그리샤 오르건은 처리반의 팀장, 통칭 '처리반장'이라 불렸다.

조직도를 보면 켈보다 한 끗 아래에 있는 놈이라 할 수 있다.

'하필······ 이놈이냐고.'

그리샤는 전생부터 연이 있던 놈으로, 그에게 꽤 커다란 열등감을 갖고 있었더랬다.

"넌 그냥 그 정도의 인간이야. 몇 번을 말해? 네가 승진을 못 하는 건 그냥 네가 모자라기 때문이라니까?"

드림 사이드 1에서도 녀석은 역사의 전면으로 나오지 못했다.

늘 뒤쪽에서 직원들의 뒤처리만 일삼던 그는 아예 기록조차 될 수 없는 것이다.

하지만 야망은 늘 대단히 커서 꽤 요주의 대상으로 여겼던 기억이 났다.

이런 놈들이 주로 사고를 친다.

"지금이라도 늦지 않았어. 이거 풀고 제대로 해명해. 그럼 더는 문제 삼지 않을 테니까. ……너희들도 판단 잘해! 줄 잘 서는 것도 사회생활이야."

으름장을 대며 날카롭게 주변을 노려봤지만 그의 말에 대답하는 이는 없었다.

역시 힘없이 묶여 가는 꼴에 이런 말을 하는 게 우습게 느껴지는 거겠지.

켈도 그 사실을 잘 알았다.

자고로 설득력이란 힘이 있어야 생겨난다. 아무것도 없는 주제에 입만 열어 봤자 허세 그 이상은 될 수 없다.

그래도 켈은 말을 멈추지 않았다.

"나 켈이야! 천외천 랭킹 11위! 너희들이 이러고도 무사할 줄 알아? 뒷감당은 어쩌려고 대체 이런 짓을 벌이는 거야?"

켈은 앞서 걸어가는 장발의 그리샤를 콕 집어 말했다.

"남의 뒤나 닦던 놈을 어떻게 믿냐? 저놈…… 능력은 없는데 말만 많아서 좌천된 건 알고 있냐?"

"……."

"사내 정치만 줄창 하다 줄 잘못 서서 저 꼴인 거라고. 너네 그런 것도 모르지?"

여전히 그리샤는 일언반구의 대꾸도 하질 않았다. 묵묵히 켈을 끌고 들판 너머의 협곡으로 진입할 뿐이었다.

켈은 계속해서 말했다.

"저 머리 꼴을 봐. 사내새끼가 저게 뭐냐? 축 늘어진 걸레도 아니고."

"……지금 뭐라 했지?"

"다시 말해 줘? 네 머리는 1년 동안 화장실이나 닦다 대충던져 놓은 걸레 같아. 지저분하다고!"

잠시 걸음을 멈추어 선 그리샤를 보며, 켈은 회심의 미소를 겨우 참아 냈다.

드디어 놈의 신경을 건드렸다.

'조금만 더 가까이 와라.'

언제든 이 상황을 빠져나가기 위해 남몰래 마력을 예열시키던 그였다.

'네놈만 잡으면 끝이야.'

주변의 다른 직원은 크게 걱정하지 않아도 됐다. 이놈만 어찌 해낸다면 탈출은 무리도 아니니까.

문제는 사정거리의 바로 코앞에서 그리샤가 걸음을 멈추어 섰다는 것이다.

"같잖은 수를 쓰는군."

그는 피식 웃으며 다시 몸을 돌렸다. 그리고 귀찮다는 듯 대충 손짓으로 명을 내렸다.

"저놈이 다신 입을 열지 못하도록 재갈이나 물려 놔라."

"너 이게 무…… 으으읍!"

젠장.

역시 머리는 나빠도 눈치는 더럽게 빠른 놈이다.

이런 싸구려 도발은 먹히지도 않는다, 이거지?

그리샤는 경멸스러운 눈으로 켈을 흘깃 보더니 말했다.

"이제 좀 조용해졌군."

이후로 켈은 입도 벙긋하지 못한 채로 질질 끌려가는 수밖에 없었다.

협곡 깊숙이 들어가 그 안쪽에 자리한 넓은 광장에 다다르기까진 금방이었다.

'저건 또 뭐야?'

광장에 놓인 유리 상자 안으로 가득 들어찬 검은 물질이 있었다.

미간을 좁혀 유리 상자에 이어진 배관마저 확인하니, 그곳엔 여러 몬스터가 말없이 축 늘어져 있었다.

대번에 미간이 구겨졌다.

'……반마력을 추출하는 건가?'

켈의 머릿속으로 그의 기억이라 부르기 어려운 낯선 경험들이 새록새록 떠올랐다.

그건 켈투의 기억이었다.

'맙소사. 이놈들 설마……?'

대번에 그리샤 일당이 이곳에서 벌이고 있는 게 무슨 일인지 알 수 있었다.

그리고 감히 상사인 그를 이토록 매몰차게 대하고, 막무가내로 끌고 왔는지도 납득했다.

만약 성공한다면 '하극상'이야 별 대수롭지 않은 성과를 낼 수 있을 테니까.

컴퍼니는 실력이 최고의 스펙인 회사. 약발 떨어지면 그대로 좌천까지 일사천리다.

켈의 처지가 실로 난감해진 상황이라 할 수 있었다.

'막아야 해. 이게 진짜 성공해 버리면…… 난 끝이야.'

안 그래도 한 달의 부재로 인하여 그의 입지는 상당히 좁아져 있을 것이다.

어쩌면 이미 죽었다고 알려졌는지도 모른다.

'일단 도망쳐야 해.'

켈은 재갈을 아스러뜨릴 듯 깨물며 두 눈을 부릅떴다.

'절벽을 무너뜨릴까?'

그는 이내 고개를 가로저으며 계획을 부정했다. 광장을 둘러싼 협곡의 절벽은 너무 방대하여 흠집조차 나질 않는다.

'인질을 잡는 건…….'

이 또한 불가능한 일이다.

그리샤는 본인의 안위를 최선으로 생각하는 사람이었다.

과연 부하 직원이 인질이 된들 눈 하나 깜빡일까?

켈은 곁눈질로 그리샤의 눈치를 살폈다.

'어떤 방법을 쓰든 결국 저놈을 쓰러트려야만 해.'

절벽을 무너뜨리든, 인질을 잡든…… 설령 주변의 모든 직원을 몰살시키더라도.

켈이 이곳에서 무사히 빠져나가려면 '그리샤'란 존재를 완전히 무력화시켜야만 한다.

그리샤는 켈보다 못한 플레이어지만, 무시할 수 없는 수준의 힘을 가졌으니까.

특히 마력이 제한되고, 남은 마력 또한 쥐뿔도 없는 상태였다.

하필 그리샤는 '무투가' 체질이라 마력 제한 구역에서의 너프도 없었다.

"켈. 눈알 굴리는 소리가 여기까지 들리는구나."

"……."

"기다려라. 머지않아 너도 내게 무릎을 꿇고 설설 기게 될 테니까."

실로 낭패가 아닐 수 없었다.

상황도, 상태도, 미래도…… 암담하기만 한 현실이었다.

이건 진짜 위기였다.

도망쳐야 하지만 도망칠 수 없는 현실에 짙은 무력감만이 느껴지고 있었다.

'방법을…… 방법을 찾아야 하는데. 으으음.'

그때였다.

－도와주겠다.

터무니없지만 켈은 머릿속으로 울리는 목소리를 마주했다. 만약 재갈을 물려 놓질 않았다면 저도 모르게 비명을 지를 뻔했다.

'너 켈투냐?'

아무래도 그의 머릿속으로 말을 걸 존재는, 그의 두 번째 자아인 '켈투'뿐이었다.

하지만 음성은 바로 부정했다.

－난 켈투가 아니다.

켈은 그제야 확신했다.

누군가가 그의 머릿속으로 들어와, 멋대로 말을 걸고 있었다.

'넌 누구지? 누군데 남의 머릿속으로 들어와 있는 거야?'

－난 알리라고 한다.

'알리?'

곰곰이 여러 기억을 되새기던 켈은 인간의 머릿속으로 들어올 수 있는 한 종족을 떠올릴 수 있었다.

'설마…… 몽마?'

-그렇게도 부르지.

'네가 왜 여기서 나와?'

몽마의 주인이자, 마족인 '알리'는 마족 중에서도 그 특징이 유난히 도드라진 몬스터였다.

이처럼 아무도 모르게 인간의 무의식에 숨어드는 건, 오직 그들만의 권능이었다.

-그건 중요하지 않아. 그보다 난 널 도울 수 있다.

'무슨 소리를 하는 거야?'

-그대의 표면 기억을 읽었다. 저놈…… 그리샤란 놈을 없애면 넌 이곳에서 도망칠 수 있다. 맞나?

켈은 그리샤의 뒷모습을 보면서 저도 모르게 고개를 끄덕였다. 그리샤 녀석만 어찌 해낸다면 분명 방법은 있었다.

그리고 대답하지 않았는데도 알리는 멋대로 중얼거렸다.

-알겠다. 놈을 처치해 주지.

켈은 그의 무의식에서 빠져나가려는 알리를 다급하게 붙잡아 물었다.

'대체 왜 날 도와주는 거지? 무슨 수작이야?'

마족은 기본적으로 인간의 적이다.

이해관계에 있어서 서로 협조를 구할 수는 있겠지만, 아무리 생각해도 접점은 없었다.

그가 한 달간 잠수를 탄 동안, 컴퍼니가 마족을 상대로 극적인 협상을 해냈다고 해도 이상한 일이다.

애초에 그리샤도 컴퍼니 소속인 처리반이질 않은가.

─알 것 없다. 난 그저 왕에게 복종할 뿐이니.

그 말을 끝으로 알리의 의식이 사라졌다. 켈은 침을 꼴깍 삼키며 눈을 껌뻑였다.

마족에게 있어 왕은…… 한 존재만을 말한다.

'마왕?'

하지만 생각을 이을 틈은 없었다.

"끄으으으?!"

돌연 그리샤가 괴상한 울음을 내뱉기 시작했으니까.

녀석은 머리에 쓰던 흰 가면을 냅다 벗어 던지더니, 얼굴을 막 긁어 대며 괴로워했다.

"저리 가! 저리 가! 저리 가아아!"

스스로 목을 조르고, 바닥에 머리를 몇 번이나 박아 대기도 했다.

이를 보며, 상황에 대한 이해는 필요하지 않았다.

켈이 당장 할 일은 하나였다.

'윈드 커터.'

실피드가 그의 명에 반응하여 빠르게 주변으로 바람 칼날을 일으켜 날렸다.

재갈을 교묘하게 베어 내고, 손목을 묶었던 줄도 잘라 냈다.

남는 여력으로 가까이에 있던 컴퍼니원들도 공격할 수 있었다.

"어, 어떻게 마력을……?"

"나 정도나 되는 정령사가 쉽게 붙잡혀 있을 줄 알았냐?"

"끄아아아악!"

켈은 바람 칼날로 직원들을 베어 내며 바람을 운용하여, 몸을 높이 띄웠다.

다급하게 몇몇이 무기를 꼬나 쥐고 이쪽으로 다가왔지만, 켈이 손을 휘젓는 게 먼저였다.

"에어 봄(Air bomb)!"

공기가 터져 나가며 직원들이 속수무책으로 짓이겨졌다. 몇몇은 겨우 살아남았지만…… 그의 뒤를 쫓을 형편은 못 됐다.

한편 여전히 비명을 질러 대는 그리샤를 확인한 켈은 입술을 잘근 깨물었다.

'역시 안 통하네.'

일부러 폭발 범위에 그리샤를 넣었지만, 생채기 하나 생겨나지 않았다.

스스로 괴로워하며 자학하더라도 신체는 어지간한 돌보다 단단하여 큰 상처는 없는 듯했다.

'강철 인간…… 그리샤.'

놈의 몸은 오직 '강철'로 이루어져 있어, 쉽게 잘라 낼 수조차 없는 특징이 있다.

무투가인 만큼 민첩이나 체력도 상당한 편이라 정면에서 싸우는 건 불리했다.

'마력이 충분히 많았으면 별 볼 일도 없겠지만······.'

켈은 순식간에 텅 빈 몸을 살피며, 잠시 현기증에 몸을 비틀거렸다.

머릿속으로 목소리가 울린 건 그때였다.

―녀석이 깨어나고 있다. 얼른 나가라.

그리샤의 비명이 차츰 잦아들고 있었다. 알리의 공격에 대응하고 있다는 증거였다.

켈은 고개를 끄덕이며 마지막 마력을 짜내어 바람을 조종했다.

"안 그래도 갈 생각이었어."

―이쪽이다.

켈은 일단 알리의 안내를 따라 움직이기로 했다. 마지막 힘을 다한 마력이 그를 로켓처럼 한 곳으로 튕겨 나가게 도왔다.

그리고 협곡을 지나 다시 광활한 공허의 저편에 다다르기까지 오랜 시간이 필요하지 않았다.

무의식에 숨어 있던 알리가 밖으로 나온 건 꽤 먼 거리를 도망쳤을 즈음이었다.

―멈춰라.

"······뭐야?"

-왕께서 널 찾으신다.

켈은 미간을 좁히며 알리의 얼굴을 들여다봤다. 잠시 생각해 봤지만 역시 알 수 없다는 결론만이 나왔다.

마족 알리.

이놈은 마왕을 섬길 만큼 높은 신분을 가진 존재였던가?

'아니.'

그가 알기론 '몽마'는 마왕의 직속에 해당할 정도로 고귀한 종족이 아니었다.

켈은 나지막이 물었다.

"왕이 누군데?"

-왕은 왕이시다.

"그러니까 그게 누구냐고."

마왕도 여러 종류가 있다.

유사시를 대비하여 그 이름 정도는 알아 두면 좋을 것이다.

-아아. 인간들은 왕을 이리 부르더군.

알리는 잠시 뜸을 들이더니 말했다.

-케이라고.

부적격 판단

켈은 잠시 아무 말도 할 수 없었다. 누가 잘못 들은 거라고 해 줬으면 싶었다.

'케이라고?'

이게 무슨 개 풀 뜯어 먹는 소리란 말인가.

늑대굴을 피해 겨우 도망쳐 왔더니, 호랑이굴에 들어선 기분이었다.

켈은 사색이 된 얼굴로 주변을 살폈다.

멀리 광활한 평원 위로 누군가가 빠르게 이쪽으로 다가오고 있었다.

'……도망쳐야 해.'

본능적으로 떠오른 생각이다.

아무렴 그는 차원 서고에서 누가 봐도 그에게 배신에 가까운 행동을 하질 않았던가.

최하나를 공격해서 크게 상처입혔고, 진백호의 몸엔 독까지 심었던 전적이 있다.

그전에 정체마저 들켰었다.

'케이는 배신자를 용서하지 않아.'

배신자에 한하여 극악무도할 정도로 잔인한 처사를 하기로 악명 높은 게 케이였다.

이전 세계의 주요 인물인 '호크 알론'도 따지고 보면, 케이의 뒤통수를 쳤다 그리 허망하게 죽은 게 아니던가.

"크으윽……!"

문제는 켈의 도주 의사를 빨리도 알아차렸는지, 알리가 대뜸 그의 몸을 마기로 휘감아 버렸다는 것이다.

……낭패였다.

자고로 마력이 소진된 정령사는 무력하기 그지없고, 마기가 주 무기인 마족은 공허의 저편에선 막강할 수밖에 없다.

알리가 본격적으로 켈을 휘어잡으니 빠져나갈 길은 단 하나도 보이지 않았다.

그가 할 수 있는 건 오직 욕지거리를 속으로 내뱉는 것뿐이었다.

'젠장, 젠장, 젠장……!'

온몸이 꽁꽁 묶인 채로 안간힘을 쓰던 켈은, 결국 정면으로 다가온 강서준을 마주해야만 했다.

"생각보다 빨리 찾았네."

한편 그의 옆으로 선 링링도 발견할 수 있었다.

케이 하나만으로도 감당하기 벅찬 현실인데, 랭킹 3위인 링링마저 함께라니.

켈은 체념할 수밖에 없었다.

"난 이제 죽었군."

여기까지 왔으면 다 끝난 거다.

그리샤가 상대였으면 마지막의 마지막까지 희망은 있었을 텐데…… 그와 수준 자체가 다른 케이가 아닌가!

링링까지 합세한 상황에서 살아남을 확률?

0에 수렴한다.

그리고 종전까지 켈을 무자비하게 묶어 뒀던 알리를 마치 강아지 다루듯 머리를 쓰다듬는 걸 보면 의지가 꺾이지 않으려야 않을 수 없었다.

어찌 저런 자를 상대할까.

강서준은 체념한 얼굴을 한 켈을 향해 말했다.

"누구 좋으라고 널 죽여? 전생한다고 자랑하냐?"

"……역시 다 아는군요."

한편 켈은 강서준을 보며 진심으로 절망할 수밖에 없었다. 가만히 보고만 있어도 그의 수준을 어림짐작할 수 있었기 때문이다.

'못 본 새에 더 괴물이 되어 있네. 이젠 비벼 볼 생각조차 못 하겠어.'

가히 케이다웠다.

분명 얼마 전만 하더라도 전력을 다해 싸운다면 어떻게든 비빌 수는 있을 거라고 생각했는데.

지금 보니 하늘과 땅으로 차이가 느껴졌다.

말 그대로 천외천.

소싯적의 케이를 마주했을 때처럼 암담한 기분이 들었다. 흔히 말하는 '넘사벽'이라고 하는 게 느껴졌다.

'어쩌면 드림 사이드 1 때보다 더 강할지도 몰라.'

현시점은 정규 업데이트가 벌어진 지 얼마 안 됐을 때였다.

그 당시의 케이와 현재의 강서준을 비교한다면, 1년 차라는 수준이 믿기지 않을 정도로 강서준은 괴물같이 강해져 있었다.

'이 정도면 존재 자체가 치트 아니야? 끝도 없이 강해지는 괴물⋯⋯ 진리에 다가설 자격마저 갖춘 거잖아.'

새삼스럽게도 떠오른다.

컴퍼니의 강대한 세력을 일구는 데 가장 중요한 역할을 한 '데이터베이스'를, 케이는 '차원 서고'란 이름으로 독점하고 있는 것이다.

과연 이만큼이나 강해지는 데엔 그런 이유가 있었다.

전생을 전부 기억하진 못하더라도, 케이는 드림 사이드 역사상 공략을 성공시킬 확률이 가장 높은 존재가 아닐까 싶었다.

'그러니 0116 채널 관리자가 일찍부터 난리를 친 거겠지.'

마족이니 뭐니 일찍 개입한 데엔 그런 이유가 있다.

설마 자기 차례가 오질 않을까 봐.

여기서 공략이 성공할까 불안한 것이다.

컴퍼니가 케이를 블랙리스트에 올려놓고, 특별히 관리하려는 이유도 같았다.

'난 그런 케이를 적으로 돌린 거야.'

근데 이상한 점도 있었다.

시간이 흘러도 케이는 그를 죽이려는 낌새를 전혀 내비치질 않는 것이다.

왜지?

예상대로라면 그는 마주치자마자 죽었어야 한다. 케이는 결코 배신자를 처단하기에 망설이지 않으니까.

혹시 그건 게임이라 그런 걸까?

켈은 거두절미하고 물었다.

"왜 날 안 죽여요?"

"말했잖아. 전생자를 죽여 봤자 너만 좋은 일이라고."

"거짓말. 날 죽이면 적어도 이번 채널에선 아웃인걸요. 그것만으로도 충분한 사유가 될 텐데요?"

이런 말을 꺼내면서도 조마조마했다.

막말로 갑자기 케이가 마음을 고쳐먹고 그의 목을 베어 버려도 할 말이 없었으니까.

변명의 여지도 없다.

강서준은 잠시 입을 다물었다가 다시 열었다.

"……그냥 운 좋은 줄 알아."

그 말에 켈은 확신할 수 있었다.

모르긴 몰라도 지금의 케이는 그를 죽일 수 없는 '이유'가 있는 것이다.

이러면 상황은 달라진다.

죽이는 것보다 살리는 게 메리트가 있다면, 켈에게 아직 생존의 기회는 남아 있는 것이다.

'살 수 있어.'

잠시 이죽거리면서 앞으로 케이를 어떻게 구워삶아야 할지, 간단하게 로드 맵을 그릴 즈음이었다.

상황만 잘 넘긴다면…….

목숨 정도는 쉽게 부지할 수 있다고, 얕은 기대감을 품었더랬다.

엄청난 두통과 함께 머리맡에 드리운 메시지를 확인하기 전까지는 말이다.

'뭐, 뭐야?'

[시스템의 부적격 판단이 시작되었습니다.]

[시스템이 당신을 예의주시합니다.]

머리부터 발끝까지 송두리째 소름이 돋았다. 눈앞이 노래지고 모든 것들이 흔들렸다.

가파르게 변한 숨에서 핏물도 배어 나왔다.

상황을 이해할 수 없었다.

다만 추측만 가능했다.

'설마, 그리샤 이 새끼가……?'

그게 켈의 마지막 의식이었다.

❦

그리샤는 미간을 찌푸리며 온몸을 감쌌던 기분 나쁜 마기를 애써 털어 냈다.

스킬 '블랙아웃'으로부터 겨우 탈출한 시점이었다.

'조금만 더 늦었으면 이승을 하직할 뻔했군.'

그리샤는 목에 남은 상처나 팔목에 그어진 상처를 확인했다. 단단한 강철 같은 몸이라 해도, 자신의 손톱 또한 강철이기에 대미지가 쌓이다 보면 결국 치명타가 되는 법이다.

바쁘게 포션을 부어 치료하질 않았으면…… 그는 이미 한 줄기 데이터 쪼가리가 되어 전생을 준비하고 있었을 터였다.

그리샤는 느닷없이 들이닥친 '블랙아웃'으로부터 그를 지켜 준 부하 직원 '미티'를 내려다봤다.

"고맙다. 덕분에 살았어."

"해야 할 일을 했을 뿐입니다."

아주 바람직한 자세였다.

이럴 때면 정말 후임 하나는 기가 막히게 됐다는 생각도 들었다.

그리샤는 문득 미티가 내민 보고서를 확인했다.

"근데 이건 뭐야?"

"제가 켈에게 환상을 걸었었잖아요?"

"그래. 그랬지?"

"근데 이상한 걸 포착했어요."

미티는 환상 마법에 능통한 권위자였다. 모르긴 몰라도 켈의 마력을 송두리째 소진시킨 이유는 미티의 환상 마법이었다.

그리샤는 미간을 좁히며 물었다.

"자세히 말해 봐."

"켈의 환상에서 있을 수 없다고 여겨진 걸 봤어요. 이전 생과 이번 생…… 아예 접점이 없는 정보들이요."

그 내용은 미티가 내민 보고서에 적혀 있었다. 그리샤는 잠시 턱을 매만지며 꼼꼼하게 보고서를 검토해 봤다.

읽으면 읽을수록 자잘한 두통은 사라지고 없었다. 단순히 블랙아웃의 여파라 지워진 효과만은 아닐 것이다.

실로 그는 기분이 좋았다.

"이거 재밌게 됐네?"

보고서에 적힌 내용은 단순했다.

켈이 오두막을 짓고, '수녀'를 비롯한 '아이들'을 지키는 환상을 꿈꿨다는 것.

다른 사람이었다면 뭐가 이상하냐면서 반문할 정도로, 평범하다면 지극히 평범한 꿈이었다.

'하지만 그 대상이 켈이다.'

천외천 랭킹 11위 켈.

그는 컴퍼니 내에서도 다소 입지가 단단한 콘크리트 간부라 할 수 있었다.

오랫동안 함께 일한 그리샤였기에, 더더욱 그 꿈이 허황됐다는 걸 알 수 있었다.

'그 켈이 누군가를 지키기 위해 움직인다고? 그것도 애들? 그런 꿈을 꾼다고?'

그리샤는 대번에 고개를 저었다.

코미디도 그런 코미디는 없다.

매사에 냉정하고 계산적으로 움직이는 그가, 누군가를 지키기 위해서 움직이는 꿈이라니.

몇 번을 다시 생각해도 환상에서 드러난 켈의 행동은, 여태 그가 보여 준 그 어떤 행동과도 어울리지 않았다.

그리샤는 생각을 확장시켰다.

"그래. 이 새끼…… 어쩐지 한 달이나 잠수를 타더라니."

결론을 내릴 수 있었다.

"인격이 뒤바뀐 거구나?"

드물지만 벌어질 수 있는 일이다.

전생자에게 '다중 인격'이란 숱한 생을 넘으며 봉인된 기억이 모종의 사건으로 일시에 해금되는 현상을 말하니까.

만약 정말 놈이 다중 인격이 되어 버린 거라면, 그리샤는 당장 해야 할 일이 있었다.

[시스템 부적격 신청이 수락되었습니다.]

[플레이어 '켈'의 부적격 시험이 진행 중입니다.]

"응?"

돌연 들려온 메시지에 그리샤는 미티를 바라봤다. 보고서의 말미에도 이미 신고가 들어갔다는 내역이 적혀 있었다.

"일 처리가 빠르네."

"과찬이십니다."

그리샤는 실실 웃으며 미티의 어깨를 두드려 줬다. 이래서이 녀석을 곁에 두는 거다.

눈치도 빠르고, 일도 잘한다.

다만 신고를 한 당사자의 이름을 '그리샤'로 적은 게 보였지만…… 그게 또 어떨까 싶었다.

설득력을 높이려면 그보다 레벨도 높고, 컴퍼니의 직위도 높은 상사의 이름이 필요할 수도 있었으니까.

'만에 하나라도 그에게 떨어질 수도 있는 불이익을 피하기 위한 꼼수일 테지만…….'

그리샤는 대범하게 넘어가기로 했다. 어차피 증거가 확실한 일이다.

"앓던 이를 뺀 듯 시원하구나."

놈을 사로잡아 파멸하는 그 순간까지 갖고 놀겠다는 계획은 무산이 됐지만…… 이것도 썩 나쁘진 않았다.

어쨌든 지긋지긋한 악연은 여기서 끝을 보는 셈이니까.

여태 놈을 붙잡겠다고 쏟아부은 인력과 시간이 조금 아깝긴 해도, 그러려니 넘어가기로 했다.

옆에서 가만히 그를 올려다보던 미티가 입을 열었다.

"그럼 이제 어떻게 되는 겁니까?"

"알면서 뭘 물어?"

물으나 마나다.

전생자는 오직 이전 생의 기억만을 갖고 있어야 한다는 규칙이 있었다.

그리고 다중 인격은 확실한 부적격 사유였다.

여기서 시스템의 선택은 단순하다.

"버그로 판명당해 삭제될 거야."

그게 다중 인격이 되어 버린 전생자의 비참한 최후였다.

컴퍼니의 사내 규칙에서도 비슷한 일이 벌어지면, 빠른 자살을 추천하는 것도 그 이유였다.

'죽으면 전생하겠지만…… 삭제되면 그걸로 끝이니까.'

한마디로 켈의 역사는 여기까지다.

"그걸 직접 보지 못하는 게 역시 아쉽네. 이런 명장면을 놓치다니…… 아아."

그리샤는 새삼스러운 사실도 떠올릴 수 있었다.

켈이 버그로 판명당해 삭제당한다는 건, 단순히 걸리적거리던 놈이 눈앞에서 사라지는 걸로 끝나는 게 아니다.

그의 자리…… 그의 권력!

놈이 제아무리 끈이 떨어진 상태라 해도, 여태 해 온 업적은 상당한 편이다.

아직도 그는 컴퍼니 내부에선 고평가를 받는 유망한 간부였다.

근데 그러한 켈의 수많은 권리가 단숨에 공석이 된다는 것이다.

그리샤의 눈이 탐욕으로 번뜩였다.

"좋아. 아주 좋아! 녀석이 내게 도움이 되는 날도 오는구나!"

"승진을 미리 축하드립니다!"

미티의 아부에 껄껄 웃음을 터뜨리던 그리샤는 유리 상자를 확인했다.

채우기로 했던 반마력의 양이 아직 3분의 1은 모자랐다.

"역시 내일까지 작업을 완료해야겠어."

"……네?"

"철야를 해야겠지만 별수 있나. 켈의 자리를 꿰차고 들어가려면 그만한 성과가 필요한데."

이건 놓칠 수 없는 기회였다.

그리고 놓쳐서도 안 되는 일이다.

밤을 새워서라도! 무리를 해서 쓰러질지언정, 상부에서 말한 기한보다 빠르게 물건을 완성할 필요가 있었다.

"자네도 얼른 가서 일해!"

소리 없는 아우성을 지른 미티는 작게 중얼거리며 힘없이 일터로 돌아가야만 했다.

"이러려고 그 고생을 한 게 아닌데…… 야근이라고? 켈만 처치하면 조금 쉴 수 있는 게 아니었어?"

퇴근이 물 건너간 직장인의 어깨는 동서고금을 막론하고 무겁기 그지없었다.

❦

별안간 켈은 머리를 부여잡고 자지러지고 있었다. 연신 통증을 호소하며 괴로워하던 그가 의식을 잃고 쓰러진 건 그때.

강서준은 바닥에 널브러진 켈을 내려다보며 나지막이 중얼거렸다.

"연기력이 꽤 늘었네."

켈은 거짓말쟁이였다.

드림 사이드 1에서는 뻔뻔하게도 플레이어인 척 연기를 했고, 호크 알론의 심장에 독을 심기까지 했다.

지구에서는 어땠는가.

프랑스의 플레이어인 척 자연스럽게 다가와 진백호의 심장에 독을 심었다.

만약 강서준이 차원 서고를 다녀오지 않았다면 지금쯤 그들은 어떻게 되었을까.

'진백호의 몸속엔 여전히 독이 자생 중일 테고, 난 범인도 모르는 채 이 녀석을 신용했겠지.'

강서준은 혀를 차며 말했다.

"더는 안 속으니까. 그만해."

하지만 돌아오는 대답이 없었다. 무슨 수작인지 잠시 지켜보던 그도 의구심을 품을 정도로 놈의 연기가 리얼했다.

기절한 켈은 입에 거품마저 물었고, 온몸이 자잘하게 떨리는 게 상당히 심각해 보이기도 했다.

혹시…… 연기가 아닌 건가?

강서준은 일단 놈을 살펴보기로 했다. 금빛으로 물든 눈이 켈을 스캔하는 건 금방이었다.

[스킬, '류안(S)'을 발동합니다.]

 다행히 류안은 '만물서'에 기록된 스킬이 아니었다. 섭종 보상인 '천무지체'에 수록된 기술.
 두 눈을 금빛으로 물들이니 켈의 주변으로 휘몰아치는 알 수 없는 파장을 발견할 수 있었다.
 '이건 뭐지?'
 마력이 아니었다.
 애초에 '마력 제한 구역'으로부터 파생된 이 공간에 마력이 떠돌아다닐 일도 없다.
 '그렇다고 반마력도 아닌데.'
 켈의 몸을 휘감은 미지의 물질은 그의 몸으로부터 마력을 갉아먹는 것처럼 보이진 않았다.
 그 흐름을 이해하자면……
 '몸을 억누르고 있어.'
 마치 꽁꽁 묶어 어딘가로 도망치지 못하도록 만드는 게 목적인 듯했다.
 도통 정체를 알 수 없는 미립자.
 그리고 더욱 자세히 살펴보기 위해 켈에게 다가간 순간이었다.

 [시스템에 의해, 플레이어 '켈'은 '부적격 판단'이 진행 중입니다.]

'……시스템?'

당황스러웠다.

대체 이 메시지가 왜 나타난 걸까.

옆에서 그와 마찬가지로 켈을 살펴보던 링링도 메시지를 확인하며 탄식을 내뱉었다.

그녀도 영 모르겠다는 눈치였다.

"이게 뭐야?"

"……모르겠어. 부적격 판단이 뭐지?"

여태 플레이했던 드림 사이드의 모든 기억을 되돌려 봤지만, 비슷한 문구는 본 적조차 없었다.

부적격 시험.

과연 무엇이 부적격하다는 거지?

모르긴 몰라도 시스템이 직접 나서 켈을 강제할 정도라면, 무언가 일이 잘못되어도 단단히 잘못되었다는 걸 알 수 있었다.

시스템이 이렇게 대놓고 시스템 메시지를 꺼내는 경우는 보통 하나밖에 없었으니까.

'버그가 발생했을 때.'

그리고 알리가 옆으로 다가와 조심스레 첨언했다.

─왕이시여. 제가 무슨 상황인지 알 것 같습니다.

'응?'

─다만 이 사실은 입 밖으로 내선 안 될 듯합니다.

눈을 빛내며 입을 연 알리를 향해 강서준은 말없이 고개를 끄덕여 줬다.

이후의 대화는 생각으로 소통하기로 했다. 알리가 링링의 무의식으로 들어가는 것으로, 그녀도 대화에 참여할 수 있었다.

-이 인간의 무의식에 잠입했을 때 본 게 있습니다.

'뭘?'

-다중 인격이라는 걸 시스템에게 들켜선 안 된다더군요.

다중 인격.

한 사람이 둘 이상의 인격을 보유한 경우를 말하는데, 정확히는 '해리성 정체성 장애'란 이름의 병이다.

근데 정신 질환에 불과한 이 병을 시스템에게 걸려선 안된다는 게 무슨 소리일까.

-켈은 두 번째 인격을 '켈투'라 불렀으며, 이전 생의 기억 중 하나라고 했습니다.

'이전 생의 기억이라고?'

강서준은 말없이 켈을 내려다봤다.

정리해 보자면, 아무래도 켈은 다중 인격이 되었고, 그 사실을 시스템에게 걸렸다는 것이 된다.

그러니 부적격 판단이 시작된 거겠지.

또한 이 문제의 원인에 대해서도 추측해 볼 수 있었다.

켈의 출신을 떠올려 보면 간단했다.

'전생인이라서 문제가 된 건가.'

그가 전생인이 아니라, 단순한 지구인이었다면 다중 인격은 그저 정신 질환에 불과했을 것이다.

전제 조건이 전생인이기에 발생한 문제.

링링은 옆에서 턱을 괴고 고민하다 말했다.

"생겨난 인격이 이전 생의 기억 중 하나라고 했지?"

"그랬지."

"혹시 전생인에겐 기억의 총량이 정해져 있는 게 아닐까?"

"기억의 총량?"

"아무리 생각해도 전생인이 이전 생을 모두 기억하고 있을 것 같진 않거든. 어쩌면 시스템에 의해 기억이 봉인되어 있었는지도 모르지."

강서준도 링링이 하는 말의 저의를 눈치챌 수 있었다.

"……근데 그 기억이 멋대로 살아나서 문제가 됐다는 거야?"

합리적인 추론이다.

만약 전생인들이 과거의 모든 기억을 보유한 채로 부활했다면, 지구를 비롯하여 어떤 세계든 그들의 손아귀에 의해 조종당할 테니까.

2회 차 플레이란 것만으로도 현시점의 플레이어들의 강함은 상당한 편이었다.

다회 차는 과연…….

'밸런스가 무너질 거야.'

그리고 시스템은 무작정 밸런스가 망가지길 원하지 않는다. 높은 확률로 기억에 제재를 가할 것이다.

새삼스러운 눈으로 켈을 내려다보던 강서준은 문득 머리에 스치고 지나가는 생각에 집중했다.

'잠깐…… 설마 샛별이 구하라는 켈이 설마 켈투는 아니겠지?'

이유는 몰라도 '켈'을 구해야만 0116 채널의 관리자인 리루르크의 음모를 차단할 수 있었다.

링링은 강서준을 향해 말했다.

"어쨌든 켈부터 구해야겠네."

"알아. 근데 어떻게? 부적격 판단이란 걸 쉽게 없앨 수는 없을 거 아니야."

"흐음…….''

단순히 몬스터의 습격도 아니었고, 심각한 상처를 입어 죽을 위기에 처한 것도 아니었다.

그저 시스템에 의해 언제 죽을지 모르는 사형대에 오른 상태에 불과했다.

링링이 손가락을 딱 튕겼다.

"방법이 있어."

"응?"

"꿈속으로 들어가 보면 돼."

인간의 무의식은 일종의 영혼의 공간이라 할 수 있고, 드림 키퍼라는 자아상이 존재하는 허상 공간이라 부를 수 있다.

그렇다면 인간의 정체성이라 할 만한 인격 또한 그곳에 있을 법한 일이다.

'자아상이나 정체성이나 그게 그거 같지만…….'

강서준은 쓰게 웃으며 고개를 가로저었다.

"미안한데 그건 불가능해. 마력도 부족할뿐더러 난 지금 스킬이 봉인된 상태라고."

남의 꿈속으로 들어가는 스킬인 '인 투 더 드림'은 '만물서'에 기재된 스킬이다.

적어도 29시간은 사용할 수 없다.

"뭐래. 누가 너보고 들어가래?"

"응?"

링링은 그녀의 무의식에 들어간 뒤로, 긴장한 신입 사원처럼 부동자세로 텔레파시를 돕는 알리를 가리키며 말했다.

"얘가 들어가면 되잖아."

그는 '몽마의 주인'인 꿈의 악마였다.

─────※─────

잠시 후, 강서준은 백귀들을 활용해서 땅을 파 '지하 벙커'를 간단하게 만들어 냈다.

블랙 그라운드에서의 재난 대피 생존 경험이 있었기 때문일까.

예상보다 훨씬 빠르게 쾌적한 공간이 완성됐다. 어지간해선 감정을 드러내질 않는 링링조차 나지막이 감탄할 정도였다.

"나도 백귀 하나 갖고 싶네."

"……주고 싶어도 못 주거든."

"빌려주는 것도 안 돼?"

"넌 안 되더라."

영혼 대여는 그를 100% 신뢰해야 한다는 전제 조건이 따라온다.

그리고 당연하다면 당연한 얘기였지만, 링링은 강서준을 100% 신뢰한 적이 없다.

강서준은 쓰게 웃으며 그녀를 바라봤다.

'링링이 믿는 건 본인뿐이겠지.'

여태 강서준이 하는 행동을 전적으로 믿고 지지해 줬던 것도, 사실은 그를 믿어서 그런 게 아니다.

그녀는 자신의 안목을 믿었고, 계산에서 추론한 답에서 가장 근접한 행동을 보인 게 강서준이었을 뿐이다.

'뭐, 그래서 링링이 신뢰를 받는 거겠지.'

그녀가 단순히 감정에 의해 상황을 판단해 왔으면, 지금의 아크는 없었을지도 모른다.

철저하게 이성적이고, 계산적으로 행동하며, 최상의 결론을 도출하려고 노력하는 그녀였다.

덕분에 아크는 큰 오차 없이 현 지점에 도달했다. 종종 그 이성에 치여 여러 사람들이 무의미하게 희생되기도 해도.

성과 자체는 굉장했다.

"어쨌든 너는 안 돼. 설령 된다고 해도 안 빌려줘. 너한테 영혼을 빌려주면 그 영혼이 너무 불쌍해질 것 같으니까."

아마 그녀는 자잘한 일 모든 걸 영혼에게 맡기려 할 것이다. 그리고 강서준의 영혼 부대는 절대적인 명에 의해 움직이는 존재들이니, 군말 없이 따르겠지.

'아무리 소모품이라 해도 그건 별로 마음에 안 들어.'

한편 완성된 벙커 안쪽에서 켈을 앞에 두고 알리가 이리저리 오가며 조바심을 드러내고 있었다.

"정신 사납게 왜 이리 호들갑이야?"

-와, 왕이시여…… 두렵습니다.

"너 한 번 들어갔었던 곳이잖아. 이제 와서 왜 그러는데?"

-안에서 무서운 힘이 느껴져요. 발끝도 대선 안 된다고 본능이 경고하고 있어요.

그 말에 강서준은 고개를 저으며 쓰게 웃을 수밖에 없었다. 부적격 판단이 진행되고 있어서 그런지 그 안쪽에서 불가해한 기운이 흐르고 있었다.

모르긴 몰라도 부적격 판단은 켈의 정신을 해부하면서, 그 상태를 파악하고 있을 것이다.

아마 저 안은 대단히 격동 중인 공간일 게 빤했다.

"걱정 마. 별일 없을 거야."

─그렇겠죠……?

"그래도 조심해. 시스템에게 발각당하면 무슨 일을 당할지 아무도 모르니까."

부적격 판단이 진행되고 있다는 건, 저 안에서 '시스템'이 본격적으로 움직이고 있다는 걸 말한다.

자칫 잘못하면 알리는 시스템에 의해 발각당하여 어떤 조치를 당할 수도 있는 것이다.

이루리의 무의식에서 시스템을 마주한 순간, 소멸의 위기를 겪었던 그때처럼.

알리는 울 것 같은 얼굴이었다.

"걱정 말라니까. 나도 가잖아."

─진짜 가시는 것도 아니잖습니까.

"의식을 공유하는데 뭔 상관이야. 네가 나고, 내가 네가 되는 거야."

백귀의 영혼은 강서준에게 귀속되어 있기에 가능한 기예였다.

"그리고 싸울 일도 없어."

이번 작전의 핵심은 오직 하나였다. 꿈속으로 들어가 단 하나의 목표만 찾으면 되는 일.

알리는 그 표적지를 찾아내는 척후병 역할만 수행해 주면
된다.

"녀석을 찾아내기만 해. 나머진 링링이 알아서 맡을 테니
까."

"맞아. 너무 겁먹지 마."

돌연 들려온 목소리에 고개를 돌리니 명상을 하던 링링이
눈을 번쩍 뜨고 있었다.

"뭐야. 다 끝난 거야?"

"정리가 필요했을 뿐이야."

잠시 명상을 하고 돌아왔을 뿐인데도 그녀의 눈빛은 이전
과 차원이 다르게 변해 있었다.

이전엔 그녀를 갉아먹기 위해 혈안이 되었던 주변의 공기
가, 은은하게 감돌던 마력의 향이…… 모든 것들이 기묘하게
뒤틀려 있었다.

정확히는 링링의 몸을 통과한 듯 통과하지 않았다. 마치
진백호의 특이 체질을 보는 듯했다.

"해냈구나."

천외천 랭킹 3위의 '링링'이 '대마법사'라 불리는 이유.

유일무이한 그녀의 직업은 다른 말로는 '공허의 마법사'라
고 한다.

'마력과 반마력을 다루는 존재.'

그녀는 '공허'를 깨달았다.

"이제 뭐든 할 수 있어. 맡겨만 달라고."

자신감이 넘치는 그녀를 보며 강서준은 고개를 끄덕였다. 확실히 납득할 정도로 강해진 그녀의 모습이었다.

저 모습을 나도석이 보면 무어라 할지 궁금할 정도다.

-와, 왕이시여…… 준비, 준비가 되었나이다.

겨우 용기를 낸 알리의 말이다.

강서준은 링링과 알리를 돌아본 뒤, 마지막으로 켈을 내려다봤다.

"다시 말하지만 이건 위험한 도박이야."

강서준은 리카온 제국인들을 배제하기 위해 '킬 스위치'를 사용한 전적이 있다.

그때 시스템을 만나 버렸고, 그가 강서준을 예의주시한다는 메시지마저 받았었다.

어쩌면 시스템은 지금 그들을 보고 있는지도 모른다. 자칫 잘못하면 그들에게 어떠한 제재가 가해질 수도 있었다.

"다만 시도할 가치는 충분해."

어쨌든 켈은 구해야 한다.

관리자 샛별이 허튼소리를 했을 리는 없으니까.

그 사실은 확실하다.

그렇다면 망설일 것도 없다.

"방법은 간단해."

현재 문제가 되는 건 '부적격 판단'에 의해 켈이 '다중 인격'이란 결론이 나오는 것이다.

그땐 켈의 신변에 무슨 일이 벌어져도 이상하지 않다. 즉 그들은 시스템의 부적격 판단이 완료되기 전에 그 결과를 비틀 필요가 있다.

강서준은 서슬 퍼런 눈을 했다.

말했듯 방법은 간단하다.

'무의식에서 인격을 하나만 죽여 버리면 끝나는 게임이야.'

그러면 다중 인격은 아니게 된다.

⊰⊱

만반의 태세를 갖춘 강서준은 차분하게 기분을 가라앉히고 의식을 집중시켰다.

눈을 감았는데도 기이하게 시야로 무언가가 보이기 시작했다.

그제야 그는 알리의 시야를 공유하고 있다는 걸 알았다.

'이거 생각보다 쉽진 않네.'

켈의 꿈속으로 들어가기 위한 첫 번째 단계.

마냥 알리에게 모든 걸 맡길 수는 없었으니, 일 처리를 더욱 수월하게 하려면 알리의 시야를 실시간으로 확인할 필요가 있었다.

백귀와 도깨비 왕의 영혼은 서로 연결되어 있었고, 마음만 먹는다면 생각조차 공유할 수 있기에 가능한 기예였다.

'두 개의 감각이 동시에 느껴져.'

눈을 감고 있다는 감각과 알리의 눈을 통해 세상을 둘러보는 감각.

타인의 눈을 통해서 자신을 바라보는 건 여러모로 생소한 기분이 들게 했다.

'문제는 조금만 집중이 흐트러지면 알리의 감각이 희미해진다는 거야.'

강서준은 호흡을 차분하게 가다듬었다. 이처럼 가부좌를 틀고 명상을 하듯 눈을 꾹 감은 건, 가능한 한 몸의 감각을 배제하기 위함이었다.

링링이 물은 건 그때였다.

"준비됐어?"

알리와 강서준의 동조율은 더욱 높아졌다. 대답은 강서준이 아닌, 알리의 입에서 나왔다.

"응. 이제 할 수 있어."

이 또한 알리가 신체의 제어권을 오직 강서준에게 할애했기에 가능한 일이었다.

알리의 몸 한쪽에서 강서준의 의식을 받아들여, 두려워하는 한편 그저 환호하며 기뻐하는 녀석의 감정이 느껴졌다.

"그럼 시작할게. 뒤를 부탁해."

"고생하라고."

지팡이를 바닥에 내리찍고 자세를 잡은 링링을 일별했다. 알리는 검붉은 마기를 일으키며 켈에게 다가섰다.

[백귀 '몽마의 주인 알리'가 스킬, '자각몽(S)'을 발동합니다.]

꿈속으로 들어가는 스킬.

'인 투 더 드림'과 비슷하면서, 오직 몽마만의 권능이 발현되고 있었다.

츠츠츠츳!

잠시 스파크가 튀면서 강서준은 알리의 몸이 전격에 휘감겼다는 걸 알았다.

꿈속으로 들어가는 과정은 '인 투 더 드림'과 다를 바 없었지만, 그 내부 사정이 썩 좋질 못하기 때문이었다.

[당신은 '◆각몽'을 꾸고 △◆니다.]
[주의! '드림 ■퍼'를 조심하★시오.]

마치 진입해선 안 될 공간으로 들어온 듯했다. 시스템 메시지가 뭉개지는 것도 그 일환일 터.

여긴 '시스템의 제재'가 가해지는 공간이다.

어쩌면 지금 이곳은 S급 던전보다도 훨씬 위험하면서, 본질 자체가 변할 수 있는 터무니없는 꿈이라고 할 수 있다.

다행히 단 하나의 메시지는 아직 선명하게 그대로였다.

[시스템에 의해 '부적격 판단'이 진행 중입니다.]

강서준은 알리의 머리를 들어 하늘을 올려다봤다.

"확실히 정상적인 꿈은 아니네."

그가 올려다본 하늘에는 쏟아질 것처럼 도시가 촘촘히 박혀 있었다. 거꾸로 매달린 도시엔 평화롭게 걸어 다니는 시민들도 보였다.

도로를 달리는 자동차가 오랜만에 경적을 울렸다. 대관절 푸른 하늘에 매달린 도시의 광경은 꿈이 아니고서야 실현되지 않을 모양새였다.

－왕이시여…….

바쁘지만 평화롭던 현대사회를 올려다보던 강서준은 알리의 말에 정신을 차렸다.

고개를 내리니 그의 앞으로는 재가 가득 쌓여 있었다.

"꿈속이 정말 엉망진창이네. 다중 인격이라 그런가?"

하늘에 걸린 게 도시의 정경이라면, 땅에 있는 건 잿더미가 되어 버린 어느 촌락의 풍경이다.

근처로 산자락이 있고, 나무의 형태나 타다 만 건물의 양식을 보아하니 중세 시대 같았다.

'여긴 드림 사이드 1의 세계인가?'

잠시 주변을 둘러보던 강서준은 다시 하늘의 도시로 시선을 던졌다. 땅의 풍경이 아무래도 '드림 사이드 1'의 모습이라면, 아마 하늘에 매달린 도시가 '지구'인지도 모르겠다.

"흐음⋯⋯."

잿더미로 뒤덮인 땅과 쏟아질 것만 같이 거꾸로 매달린 광활한 도시.

그 속에서 꿈의 원주인인 켈을 찾는다는 건 사막에서 바늘을 찾는 것만큼이나 어렵게 느껴졌다.

하지만 의외로 상황은 쉽게 풀려 나갔다.

자각몽을 꾸는 사람은 적어도 그 꿈의 일부를 자기 의지대로 움직일 수 있었으니까.

츠츳!

'켈'이라는 단어를 떠올리고, 그를 찾고자 의식하니 주변의 풍경이 무너지고 점차 새로운 장면이 눈에 드리웠다.

다시 정신을 차렸을 때 보이는 건, 허름한 오두막이었다.

'여긴⋯⋯.'

5평 남짓할 공간.

옹기종기 모여서 밀빵을 집어 먹는 아이들과, 우유 같은 걸 따라 주는 수녀가 있었다.

얼굴에 덕지덕지 묻은 때나 허름한 옷차림, 온몸에 잘게 드러난 상처가 눈에 띄었다.

강서준은 그중 한 아이를 주목했다.

'이 아이가 켈이로군.'

영혼이 연결되어 보는 상황이기 때문일까. 알리의 눈으로 봐도 영안이 적용되어 보였고, 꼬마의 몸속에 웅크리고 있는 정령왕도 찾을 수 있었다.

켈은 침울한 얼굴로 말했다.

「"우리 언제까지 여기에 있어야 해?」

켈의 시선은 창밖으로 향했고, 그곳엔 소낙비가 후두두둑 떨어지고 있었다.

단순한 비는 아니었다.

공허의 저편에서 휘몰아치던 '반마력 폭풍'과도 같은 힘. 세상을 갉아먹을 것만 같은 무식한 힘이 오두막의 밖을 완전히 흔들고 있었다.

「"조금만…… 조금만 더 기다리면 신부님이 돌아오실 거야."」

「"진짜? 에밀리 누나는 진짜 그렇게 생각해?"」

「"생각하는 게 아니야. 믿는 거지."」

강서준은 어린 외관의 켈이라고 하더라도 그가 진짜 어린 건 아니라는 사실을 알 수 있었다.

그는 전생을 하는 존재였고, 그 속에는 수십 년은 족히 살았을 인간이 들어 있다.

즉 당장 어리광 부리는 말투도 모두 연기라는 것이다.

「켈. 걱정 마. 신은 우리에게 견디지 못할 시련을 내리진 않으시니까.」

의연한 에밀리의 말에 켈은 대답하지 않았다. 다만 애처로운 눈빛으로 그녀를 바라볼 뿐이었다.

'흐음……'

어린 켈의 사연은 계속됐다.

오두막에서 오순도순 모여 살아가는 아이들. 함께하는 것만으로도 행복한지 웃음꽃이 쉽게 지질 않는 화목한 분위기였다.

하지만 문제가 있었다.

반마력 폭풍과 비슷한 기능을 하는 소낙비가 쏟아지는 환경에 갇혀 있는 그들이었다.

오두막에서의 식량은 한정됐고, 그들은 바깥으로 한 발자국도 나갈 수 없는 상황인 것이다.

「배고파…… 누나.」

칭얼대는 아이에게 에밀리는 본인 몫의 빵을 조금 떼어 줬다. 얼굴이 전보다 훨씬 야위고, 눈가엔 죽음의 그림자가 깊게 드리워져 있었다.

「조금만 더 기다려 보자. 신부님은…… 조금 늦는 것일 뿐이야.」

하지만 에밀리는 그로부터 얼마 버티지 못하고 힘없이 바닥에 쓰러지고 말았다.

결국 아이들을 위하다 제 목숨을 가볍게 여긴 대가를 받고야 만 것이다.

「"누나…… 누나! 일어나!"」

「"으아아아아앙!"」

영문도 모른 채 울면서 수녀의 어깨를 흔드는 아이들과, 그 속에서 참담한 눈을 한 켈.

「"미련한 사람…… 그러게 왜."」

어린 켈의 한숨엔 많은 감정이 뒤엉켜 있었다. 참지 못한 그는 닭똥 같은 눈물을 흘리며 중얼거렸다.

「"누나 미안해. 내가…… 내가 조금 더 힘이 있었으면. 더 어른이 되었으면…… 그랬다면."」

정리되지 못한 감정으로 쏟아지는 말들은 흐지부지 에밀리의 시체를 뒤덮었다. 켈은 이후로도 한참을 소리 없이 끅끅 눈물을 흘려 댔다.

그리고 돌연 다른 소리가 들려온 건 그때였다.

"정말 감성적인 녀석이라니까."

들릴 리가 없는 음성. 강서준은 경악하며 옆을 돌아봤다.

"켈투, 이놈아. 쪽팔리게 이딴 과거를 갖고 있냐."

"뭐래. 이건 네 과거이기도 하거든?"

터무니없지만 오두막의 한쪽에 똑같이 생긴 두 사람이 그를 바라보고 있었다.

[드림 키퍼 '켈'이 당신을 바라봅니다.]
[드림 키퍼 '켈'이 당신을 바라봅니다.]

옥신각신하던 두 사람 중 오른쪽에 선 켈이 강서준을 향해 말했다.

"그나저나 우리 무의식에 무단 침범한 당신은…… 역시 케이라고 봐야겠죠?"

강서준이 대답하지 않아도 녀석은 이미 확신하고 있었다. 켈은 오두막의 허름한 의자에 앉아 다리를 꼬며 말했다.

"귀하디 귀하신 케이 님이 이런 누추한 곳까지 무슨 볼일이실까요."

그의 손아귀에서 바람이 일렁였다.

정령왕이 그 의지에 반응하여 폐쇄된 오두막 내부로 폭풍을 일으키고 있었다.

꿈속이라 그런지 마력의 제한은 딱히 받질 않는 눈치였다.

강서준은 순순히 답해 줬다.

"다 알면서 뭘 물어?"

"네, 뭐. 그렇죠."

거짓말같이 휘몰아치던 폭풍이 사그라들고, 켈은 차분한

어조로 말을 이었다.

"절 죽일 겁니까?"

"응."

"솔직하게도 말씀하시네요."

시스템의 부적격 판단은 바뀌지 않은 현실이었다.

당장 이 상황을 타개하려면 두 개로 나누어진 인격을 하나로 만들 필요가 있다.

켈도 그 사실을 알았고, 강서준이 알리의 몸을 빌려 꿈속까지 파견 나온 목적도 알 것이다.

그러니 순순히 나타난 거겠지.

켈은 강서준을 올려다봤다.

"근데 조금만 미뤄 주셨으면 합니다."

"뭐?"

"제 생각…… 아니, 우리 생각을 듣고 결론을 내려 주세요."

그는 거두절미하고 옆에 서 있던 사내를 손으로 가리켰다.

"여기 울보가 바로 '켈투의 과거'입니다. 보다시피 이건 놈의 기억이고 흑역사도 이놈 것이죠."

"……야. 따지고 보면 내가 너보다 훨씬 이전 생을 살았는데, 네가 켈투여야 하는 거 아니냐? 전생한 주제에 왜 네가 근본인 것처럼 말하는데?"

"닥쳐. 지금 내 몸이 네 몸이냐?"

그러더니 강서준을 향해 말했다.

"그리고 제가 당신이 아는 '켈'입니다."

켈과 켈투.

강서준은 두 사람을 나란히 바라봤다. 두 사람의 확연한 차이는 인격에서부터 느껴졌다.

'켈투 쪽이 감정을 숨기는 게 더 미숙하군.'

모르긴 몰라도 켈투는 얼굴에서 표정이 다소 드러나는 편이었다.

현재의 켈보다 감정을 숨기는 노하우가 부족한 이유는, 그보다 훨씬 이전 생을 살아서 경험이 부족한 탓인지도 몰랐다.

켈은 켈투를 노려보다 다시 강서준에게 시선을 돌렸다.

"당신이 왜 날 안 죽이지는 모르겠지만…… 기왕 살릴 거라면 이득이 되는 쪽을 살려야 하잖아요."

"그야 그렇지?"

"그런 의미에서 제 이점을 발표하겠습니다."

켈의 말이 끝나자마자 주변 풍경이 빠르게 변했다. 어느덧 그들은 밤하늘에 공허하게 떠 있었다.

켈은 새카만 어둠을 바라보며 말했다.

"사실 저나 켈투는 어쩌다 컴퍼니에 입사했는지도 모릅니다. 첫 기억은 무의식 어딘가에 봉인되어 있을 테니까요."

강서준은 눈앞의 어둠이 단순한 어둠이 아니라는 걸 알 수

있었다. 말하자면 이건 켈이 기억하지 못하는 '봉인된 기억'
의 일부였다.

"하나는 선명해요."

공허한 어둠 속에서 덩그러니 만들어진 행성이 보였다.
녹음이 우거진 푸른 행성은 지구 같으면서 또한 지구가 아
니었다.

"컴퍼니의 목적은 오직 하나예요."

"응?"

"컴퍼니의 전생자들은 대개 멸망한 세계의 주민들이죠.
우린 '실패한 공략자'들이고, 다시 기회를 잡으려는 '새로운
도전자'입니다."

켈은 잠시 입을 다물었다가 열었다.

"케이. 아니, 강서준. 만약…… 이 세계를 재건할 방법이
있다면 어떡하겠어요?"

강서준은 말없이 켈의 얼굴을 들여다봤다.

그가 하는 말, 그 모든 것에 거짓이 없다는 점을 알아차리
는 건 어렵지 않았다.

진실의 성물을 가진 그에겐 애초에 거짓말이 통하지 않으
니까.

강서준은 미간을 구기며 물었다.

"세계를 재건한다는 게 무슨 뜻이지?"

"말 그대로일 겁니다. 드림 사이드에 의해 부서진 이 세계

를 온전히 복구시켜야 한다는 거죠."

"그게 정말 가능한 일이야?"

켈은 어깨를 으쓱이며 답했다.

"네. 실제로 과거에도 몇 차례 완성된 적이 있다고 했어요. 데이터베이스에 기록된 내용이니 확실하겠죠?"

켈이 원리를 좀 더 설명해 주자면, 시스템엔 세이브 데이터가 있고, 거기엔 드림 사이드가 도래하지 않은 지구가 저장되어 있단 얘기였다.

아무도 죽지 않고…….

아무것도 부서지지 않은 세계.

"전 이 세계를 재건할 방법을 알아요. 정확히 말하자면 '부속 채널'을 만드는 겁니다. 0115, 0116…… 이런 개념이 아니라, 0115-1 같은 채널을 새로 파는 거죠."

켈의 말은 솔직히 놀라웠다.

드림 사이드가 오픈하기 이전의 지구로 되돌릴 방법이 있다니.

정말 가능한 일이라면 죽은 사람도 모두 되살릴 수 있는 것이다.

'아무런 일도 벌어지지 않은 예전으로…… 일상으로.'

한편 켈의 말에 반발하듯 나선 건 켈투였다. 그는 약간 흥분한 어조로 말했다.

"야! 그건 나도 알아!"

"……너랑 나랑 같냐? 자기 감정 하나 제대로 조절하지 못하는 주제에."

"너처럼 아예 감정 없는 인형보다는 낫거든? 어쩌다 그 모양이 된 거야?"

"아이고 그러셨어요? 그러게 잘 살지 그랬어요. 잘했으면 전생도 안 하셨을 텐데."

켈은 켈투를 향해 비아냥을 이어 나갔다.

"네가 성공했으면 나라는 존재가 생겨났겠어? 진즉에 재건된 세계에서 개꿀 빨고 있었겠지. 넌…… 그냥 실패자야."

"응. 자기소개."

듣다 보니 참으로 유치한 대화였다.

원래 자기 자신과 말싸움을 하게 되면 저렇게 되는 건가?

계속되는 자기 비하와 스스로를 향한 조롱이 멈출 기미가 없었다. 결국 강서준이 중재를 하고 나서야만 했다.

"시끄러워! 집중이 안 되잖아!"

자칫 알리의 몸에서 튕겨 나갈 뻔했던 정신을 부여잡고, 강서준은 차분하게 두 사람을 바라봤다.

"세계의 재건…… 그래. 다 좋다 이거야. 그래서 그건 어떻게 하는 건데?"

켈과 켈투는 누가 한 사람 아니랄까 봐, 오디오마저 겹쳐한 치의 틀림도 없이 답했다.

"재앙의 탑 '상층부'에 올라야 해요. 그게 지금 내가 알려

줄 수 있는 유일한 답입니다."

"재앙의 탑 '상층부'에…… 야, 따라 하지 마!"

미간을 찌푸린 켈투의 말에 켈은 고개를 절레절레 저었다. 그는 짧게 혀를 차더니 말했다.

"어쨌든 거기까지만 데려가 준다면, 지구를 재건하는 방법을 알려 드리죠."

"그 말을 어떻게 믿지?"

"믿으라고 한 말이 아닙니다. 어차피 한쪽을 살려야 한다면…… 현실적으로 능력이 더 뛰어난 절 선택하라고 꺼낸 얘기죠."

강서준은 그 말에 고개를 주억거리며 긍정했다.

재앙의 탑 상층부로 올라가야 한다는 전제 조건이 있다면, 가능하면 높은 수준의 능력치를 가진 사람을 데려가는 게 낫다.

즉 켈은 능력이 더 출중한 자신을 살리라고 일종의 거래를 제안하고 있었다.

그리고 당장 켈투와 켈의 실력 차이는 눈에 띄게 보이고 있었다.

'드림 키퍼는 결국 자아상이 형상화된 거야. 지금 놈의 몸에 갈무리된 실피드의 힘이 곧 그 수준이라 할 법해.'

켈은 겉보기엔 정령 같은 게 깃든 것처럼 보이지도 않았다. 그저 평범할 뿐이다. 실피드의 기운도 단적으로 흘러나와 존재만을 비추고 있었다.

이는 곧 켈이 바람의 정령왕인 실피드를 완전히 제어하고 있다는 걸 말한다.

'하기야 이 녀석은 드림 사이드 1의 켈이야. 그 정도 레벨이면 충분히…….'

반면 켈투의 몸에선 실피드의 기운이 터질 것처럼 넘실거리고 있었다.

제어를 못하는 건 아니지만, 켈에 비해서는 그 수준이 현격히 떨어진다고 할 수 있었다.

강서준은 순순히 인정하기로 했다.

"실력 면에서는 확실히 켈이 도움이 되겠지. 내가 널 모르는 것도 아니고."

의기양양한 얼굴로 켈투를 깔아 보는 켈이었지만, 아직 강서준의 말은 끝나지 않았다.

"근데 인성이 꽝이잖아? 뒤통수가 간지러워서 널 어떻게 데리고 다니겠어."

"그건……."

"실력은 끌어올리면 그만이야."

켈투의 얼굴에 화색이 돋고, 켈은 침울한 표정을 했다.

하지만 이번에도 강서준은 결론을 내리지 않았다.

"그래도 역시 수준 미달은 좀."

두 사람은 대번에 쌍심지를 켜며 강서준을 노려봤다. 똑같은 포인트에서 화를 내는 걸 보면 결국 본질은 같은 모양이다.

"그럼 뭘 어쩌겠단 겁니까?"

짜증 섞인 눈으로 강서준을 노려보던 켈과 답답함을 못 이겨 씩씩대는 켈투.

상반된 두 사람의 반응에 강서준은 씨익 입꼬리를 올려 웃었다.

한 가지 묘안이 있었다.

"이게 정말 누가 죽어야 끝나는 일일까?"

"……무슨 뜻이죠?"

"아무래도 찝찝하단 말이지. '켈'을 구해야 하는 일이야. 근데 켈이란 존재가 동시에 둘이나 존재한다면…… 과연 누구를 구해야 할까."

뒤통수를 쳤지만 능력은 출중한 켈과, 감정을 숨기기 어려워 뒤통수를 치진 못해도 실력이 모자란 켈투.

어느 한쪽으로 포기하질 못한다면 '부적격 판단'이 떨어져 모든 걸 잃을지도 모르는 상황이었다.

어떤 선택을 해야 옳은 걸까.

강서준이 여기서 내릴 답은 하나였다. 애초에 그는 N포 세대는 되질 못하니까.

"둘 다."

고르기 힘들 땐, 역시 이거다.

"난 너희 둘 다 살려야겠어."

일단 첫 반응은 무슨 개소리를 하냐는 듯한 표정이었다. 강서준은 차분하게 입을 열었다.

거두절미하고 강서준이 떠올린 묘안은 이것이었다.

"인격을 합쳐 버리는 거야."

인격이 두 개로 나뉘어서 문제였고, 그래서 한쪽을 잘라 내야만 사는 일이라면······?

그 두 개를 합치면 되질 않은가.

요점은 인격이 하나만 남으면 된다는 것이다.

링링도 처음에 이 이야기를 들었을 때는 헛웃음을 지으며 이런 말을 했었다.

–터무니없는 소리를 참신하게도 하네.

켈과 켈투의 반응도 거의 비슷했다.

이성으로 무장한 켈과 감정을 숨길 생각이 없는 켈투는, 어찌 보면 물과 기름 같아서 섞이질 않을 것 같았으니까.

하지만 의외로 두 사람은 금세 강서준의 말을 수긍하고 들어왔다.

"뭐 그러면 누구 하나 죽질 않아도 되어서 괜찮겠네요."

"성공한다면 나쁘진 않은 방법이야."

방금 전만 해도 서로 못 잡아먹어 안달이더니만?

"너네 사이좋네."

두 사람은 동시에 어깨를 으쓱이며 답했다.

"이러니저러니 해도 같은 사람이니까."

강서준은 고개를 주억거리며 두 사람을 바라봤다. 저들의 대답은 어쩌면 당연한 걸지도 모른다.

드림 키퍼가, 현실의 외관과 똑같은 모습을 한다는 게 무얼 뜻하는 걸까.

자아상이 현재의 모습과 일치한다는 거다.

'어지간히도 자존감이 높질 않으면 불가능한 일이야. 누구든 되고 싶은 자신이 따로 존재하는 법이니까.'

그리고 그 말은 즉, 켈은 자신을 못났다고 생각하는 유형은 아니라는 걸 말한다.

스스로를 사랑하고, 존중하며, 또한 인정하는 타입. 그런 면에서 켈의 인격은 하나로 합칠 수 있는 확률이 높아진다.

'만약 드림 키퍼의 모습이 완전히 똑같지 않았다면.'

강서준은 두 인격을 합친다는 결론을 내리지 못했을 것이다.

어느 정도 가망이 보여야 아이디어도 실현시킬 수 있는 법이니까.

그땐 정말 일전에 말한 대로 두 인격 중 하나를, 링링의 마법을 통해서 죽여야만 할 것이다.

"방법은 간단해. 난 너희들의 영혼을 수선할 거야."

스킬, '영혼 수선'은 말 그대로 구멍 난 영혼을 꿰매는 일을 한다.

그리고 영혼이란 무릇 '무의식'이나 '기억'과도 관련되어 있었다.

이론대로라면 강서준은 영혼 수선을 통해 무의식을 꿰맬 수 있고, 단절된 두 세계를 엮을 수도 있을 것이다.

"두 개로 나뉜 세계선을 한 줄로 잇는 거지."

인격이 두 개로 나뉜 이유가 무엇이겠는가.

과거의 켈과 현재의 켈 사이에 커다란 공백이 생겨났기 때문이다.

봉인된 기억으로 인해 이어지지 못한 기억이, 인격을 두 개로 나누어 버린 것이다.

'문제는 시스템도 이걸 눈치챌 수 있다는 건데…….'

강서준은 높은 확률로 확신했다.

시스템이 인간의 기억을 늘 읽어 낸다는 건 불가능한 일이라고.

정확히 말하자면 '절대적'이라는 수식어가 따라붙을 수 없다는 것이다.

'드림 사이드의 시스템은 어딘가 부족했어. 이 게임에 버그가 존재한다는 게 그 증거야.'

해서 시스템은 늘 '상대적'이란 단어가 어울렸다.

요즘 말로는 '케이스 바이 케이스'라고 할 수도 있겠지.

"한마디로 겉보기엔 하나의 인격으로만 보인다면…… 부적격 판단도 무시할 수 있을 거란 말이야."

시스템에게 드림 키퍼가 두 개란 사실만 들키지 않으면 될 일이다.

강서준은 두 사람을 응시하며 말했다.

"그래서 필사적으로 시스템의 눈을 피해 숨어 있는 거잖아? 너희 둘이 시스템에게만 걸리질 않으면 부적격 판단은 계속될 테니까."

강서준은 사방을 막고 있는 미증유의 힘을 확인했다.

켈과 켈투는 본인의 무의식을 조종해서 시스템의 접근을 일부러 다른 방향으로 유도하고 있었다.

켈투는 얼굴을 찌그러트리며 말했다.

"듣던 대로 정말 상식 밖이네. 이러니 네가 잔뜩 쫄아 있지."

"지는?"

피식 웃음을 터뜨린 두 사람은 강서준을 향해 말했다.

"뭐, 걸리는 게 남아 있지만…… 괜찮겠죠. 이보다 좋은 방법은 없네요. 부탁드립니다."

강서준은 고개를 끄덕이면서 알리의 몸에서 의식을 꺼트렸다.

꾹 감았던 눈을 뜬 그는 누워 있는 켈에게 다가가 바늘을 꺼내었다.

그의 눈엔 정령왕을 포함해서 영혼이 도합 세 개가 보였다.

옆에서 링링이 물었다.

"······정말 통할 거라고 생각해?"

"글쎄. 해 봐야 알겠지."

강서준은 어깨를 으쓱이며 말했다.

"하지만 될 거야."

왜 강서준이 바로 영혼 수선을 시작하질 않고 구태여 꿈속으로 들어가는 모험을 했겠는가.

'녀석들의 의지가 있어야 했어.'

만약 그들의 허락을 구하기 전에 억지로 시도했다면, 오히려 영혼만 망가트리는 결과를 낳을 수도 있었다.

맞지 않는 퍼즐은 억지로 끼워 넣어 봤자 틀만 망가지기 마련이니까.

꿰매 봤자 곧 뜯어질 뿐이다.

"그럼 시작한다."

[장비 '도깨비 왕의 수선 도구'의 전용 스킬, '영혼 수선'을 발동합니다.]

오랫동안 단절됐던 두 영혼 사이로 바늘이 수십 번 오가기 시작했다.

⟡

츠츠츠츠츳!

시간이 흘러, 강서준은 꽤 평온한 얼굴로 눈을 껌뻑이는 켈을 마주할 수 있었다.

그는 몇 번 호흡을 가다듬었다.

"신기하네. 내가…… 내가 아닌 느낌이야."

결론부터 말하자면 성공이었다.

켈의 얼굴은 전보다 표정이 다채로워졌지만, 그 표정의 의미를 또렷하게 읽을 수 없었다.

그게 참 묘한 느낌이 들었다.

'확실히 다중 인격을 경계할 만하네. 영혼이 섞인 것만으로도 엄청 강해진 것 같아.'

모르긴 몰라도 하나의 켈에겐 '두 개의 삶'을 살아온 경험이 있다.

그리고 지금 둘이 하나로 엮였다면, 현재의 켈은 도합 '네 개의 삶'을 살아온 경험을 갖게 되었다는 걸 말한다.

한눈에 봐도 켈의 영혼 수준은 현격하게 높아져 있었다.

[플레이어, '켈'의 '부적격 판단'이 완료되었습니다.]

[결과는 '보류'입니다.]

켈은 메시지를 읽더니 말했다.

"고마워요. 덕분에 살았어요."

"……근데 왜 보류지?"

"네?"

"우리 계획은 분명 성공했어. 근데 왜 보류가 된 거야?"

강서준의 물음에 켈은 쓰게 웃었다. 그 웃음이 이전처럼
가식같이 느껴지질 않아 더욱 생소하기만 했다.

"아무래도 수상했으니까요."

"계획은 성공했는데도?"

"근데 기억은 그대로잖아요?"

"응?"

켈은 대뜸 자신의 머리를 손가락으로 툭툭 치고, 옆에 서
있던 알리를 가리켰다.

무의식으로 들어와 보란 뜻이다.

"뭔데?"

이젠 꽤 능숙하게 알리의 몸으로 진입하여, 켈의 무의식까
지 일사천리로 들어갔다.

전처럼 정신없던 세계가 아니라, 푸른 초원에서 바람이 살
랑살랑 부는 공간이 그를 반겼다.

켈은 초원의 한쪽에서 바람을 맞으며 서 있었다.

"전생인이 두 개의 인격이 되면 안 되는 건 기억의 제한 때문입니다. 전생인에게 허락된 기억은 '직전 생'의 기억이 전부니까."

"……그럼 인격이 하나가 된들 사건이 무마되는 건 아니었네."

겉보기엔 인격도 하나라서 이전 생의 기억만 갖고 있는 것처럼 보이지만, 실상 세 번은 죽은 기억이 있었다.

"네. 그래서 보류인 겁니다. 수상하지만 정황 증거만 있는 상황이니까요."

시스템에게 인간의 기억을 낱낱이 들춰 보는 능력이 없다는 게 맹점이었다.

강서준이 드림 사이드 1에서 지구로 돌아올 때에, 영혼의 수준이 그대로 유지됐던 것과 같은 이치였다.

해서 확실한 증거였던 '인격의 개수'가 하나였으니 상황은 애매해진 것이다.

"근데 그럼 애초에 기억은 어떻게 봉인하는 거야?"

"그야…… 우린 계약을 했으니까요. 죽으면 그 이전 생의 기억이 봉인되도록 체계가 잡혀 있습니다."

"계약이라……."

"네. 자세한 건 차차 아시게 될 겁니다."

켈은 호흡을 가다듬더니 말했다.

"그보다 녀석들의 계획을 알 것 같아요."

"······뜬금없이 무슨 소리야?"

"공허의 저편에서 전 직장 동료를 만났어요. 더러운 뒷일을 전담하는 처리반 녀석들이죠."

강서준은 피리 부는 소년처럼 몬스터를 데리고 유유자적 떠나던 컴퍼니의 모습을 상기했다.

켈은 무의식을 조종해서 허공으로 협곡의 장면을 그려 내며 말했다.

"그놈들······ 용을 소환하려는 것 같아요."

용

잠시 아찔해지는 기분이었다.

'용이라고?'

켈이 무의식을 조종해서 허공에 그려 넣은 건 한 마리의 거대한 용이었다.

색깔은 따로 구분하질 않아 투명할 뿐인 용은, 위협적인 얼굴로 브레스를 뿜고 있었다.

강서준은 미간을 좁히며 물었다.

"……그게 가능해? 아무리 그래도 벌써 용이라니. 밸런스가 망가져도 너무하잖아."

합리적인 의문이었다.

현시점에서 A급 몬스터인 '마족'을 소환한다는 것만으로도 수많은 희생을 필요로 했다.

한데 A급 몬스터를 넘어 S급에 다다르는 '용'을 소환한다는 건, 마족의 우두머리인 '마왕'을 소환한다는 것보다 터무니없다.

리카온 제국에서 마왕을 실물로 마주했던 강서준이기에 더더욱 말이 안 된다는 생각이 들었다.

켈은 강서준의 눈치를 살피며 차분하게 설명을 이어 나갔다.

"녀석들은 이곳에서 몬스터의 피를 추출하고 있었어요. 그 안에 있는 반마력을 노리는 거죠."

문제는 반마력은 용의 부화를 앞당기는 재료 중 하나라고 한다.

"마력과 반마력 사이에서 태어나는 공허한 존재…… 그래서 불사를 가진 마법의 종주가 바로 '용'이란 종족이니까요."

켈은 기억을 더듬더니 다시 허공에 무의식을 그려 나갔다. 종전부터 브레스를 뿜어내던 용의 아래로 수많은 세계가 파괴되는 형상이 나타났다.

그는 확고한 어조로 말했다.

"제 이전 생의 기억에도 있는 내용입니다. 그 세계도 너무나도 이른 시점에 '용'이 소환되어 멸망에 이르렀어요."

"그런……."

강서준은 흔들림이 없는 켈의 시선을 마주하며 그 말이 진실이라는 걸 깨달았다.

이루리의 스킬로 거짓을 분별하지 않아도 알 수 있었다.

새삼스럽지만 이 상황의 배후를 떠올렸던 것이다.

'관리자 리루르크.'

전면에 컴퍼니나 마족이 나서서 일을 진행하고 있었지만, 직면한 모든 문제의 뒷면엔 리루르크가 숨어 있다.

그는 차원 게이트를 무력화시킨 일에 대해서 앙심을 품었고, 샛별은 그가 지구를 망가트리기 위해 직접적으로 개입할 거라는 경고를 했었다.

'그렇다면 납득이 돼.'

무려 관리자가 개입한 일이다.

어쩌면 마왕을 넘어서는 용이 나타난들, 이상하게 여길 건 없는지도 모른다.

어느 정도 제약은 필요하겠지만…… 이 세계에서 가장 만능한 존재를 꼽자면 '관리자'라고 할 수 있을 테니까.

강서준은 가만히 켈을 바라보다 한숨을 내쉬고 말했다.

"그래도 이상한 게 있어."

"네?"

"컴퍼니는 왜 개입한 거지? 대체 걔네들은 용을 소환해 봐야 무슨 이득을 얻는 거야?"

켈에게 듣기론, 컴퍼니의 목적은 오직 '재앙의 탑'의 상층부에 오르는 일이다.

바로 그들의 세계를 재건하기 위하여.

그 원대한 목표를 이루기 위해서 여태 던전 브레이크를 조작하여 게임의 진행 속도를 높였고, 포자 바이러스 등을 통해 세력을 확장해 왔다.

하지만 여기서 용이 소환된다면 그들이 여태 고생한 게 헛수고가 되질 않는가.

재앙의 탑에 다다르기도 전에 이 세계는 멸망에 이를 테니까.

강서준은 미간을 구기며 물었다.

"혹시 용을 제어할 힘이라도 있는 거야?"

켈은 대번에 고개를 가로저었다.

"제가 아는 한 컴퍼니의 역량으로는 용을 제어한다는 건 불가능해요."

"만약 관리자의 도움이 있었다면?"

"……그래도 안 될 겁니다. 애초에 관리자가 플레이어에게 그런 편의를 봐줄 것 같지도 않고요."

하기야 맞는 말이다.

리루르크의 목적은 오직 지구의 멸망일 터였고, 굳이 용을 조종할 권한을 줄 이유가 없었다.

녀석이 개입하는 건 그저 용을 소환한다는 터무니없는 사건뿐일 것이다.

"어쨌든 소환은 이뤄질 거예요. 이건 전례가 있는 만큼 조건만 갖춘다면·어떻게든 되는 모양이니까."

"흐음······."

그래도 역시 완전히 이해할 수는 없었다.

아직 컴퍼니가 가져갈 이득을 알지 못했으니까.

그들이 리루르크와 똑같이 '지구의 멸망'이라는 목적을 가진 거라면 또 모를까.

켈은 혀를 차며 말했다.

"아무래도 폐업을 결정한 게 아닐까 싶습니다."

돌연한 켈의 선언에 강서준은 헛웃음을 지었다. 컴퍼니의 폐업이 무엇을 뜻하는지 그가 모를 바가 아니었다.

"섭종을 시키려 한다고?"

"네. 그것 말고는 이유가 없어요."

"하지만 그럴 필요가 있어? 네가 알지는 모르겠지만 이미 채널의 주도권은 우리가 가져왔어."

"글쎄요. 그게 말처럼 쉬운 게 아니라서요."

"응?"

켈은 낮게 한숨을 내뱉었다.

"설령 당신이 0116 채널을 개입을 막았다고 해도 문제가 해결된 건 없으니까요."

"그게 무슨 소리야?"

"간단해요. 당신이 너무 성장해 버린 겁니다. 컴퍼니의 입장에선 더는 감당할 수 없을 정도로······ 제어 불능의 존재가 된 거죠."

한마디로 그런 거다.

"채널의 주도권이 당신의 손에 있기에, 컴퍼니는 폐업을 결정할 수도 있는 겁니다."

❦

"……로 상황이 복잡해졌어."

강서준은 켈에게 들은 그대로 링링에게 전해 줬다. 물론 현실의 대화는 '시스템'이 들을 여지가 충분했기에 켈에 관한 정보는 알리를 통해 전해 줬다.

"산 넘어 산이네. 용이라고?"

"응. 그리고 아무래도 이게 '켈'을 구하라는 이유가 아닐까 싶어."

만약 켈이 단절됐던 기억을 되찾질 못했다면 어떻게 됐을까.

그들은 뭣도 모른 채 속수무책으로 적의 계략에 놀아났을 것이다.

놈들의 작전을 막을 시도조차 해 보질 못하고 그대로 상황은 흐지부지 이어졌겠지.

강서준은 한숨으로 짜증을 밀어내며 입을 열었다.

"놈들의 뜻대로 둘 순 없어. 바로 움직여야 해."

다행히 아직 기회는 있었다.

켈에게 듣기로는 '용'을 소환하려면 반드시 공허의 저편에 가득한 '반마력'을 추출해야만 하니까.

즉 공허의 저편에서 반출될 반마력만 어찌 막는다면……
계획은 무너뜨릴 수 있었다.

샛별이 노린 꼼수도 이것이겠지.

'전력은 충분해.'

아직 하루밖에 지나질 않아 만물서는 여전히 사용 제한이 걸려 있고, 켈조차 정령술을 제대로 쓸 수 없다 해도 괜찮았다.

'그녀가 있으니까.'

훗날 대마법사가 될 지상 최대의 전력…… '공허의 마법사'가 된 링링이 있으니까.

링링은 반마력을 조종하여 지상으로 올라가는 길을 가볍게 만들어 냈다.

일행을 허공에 두둥실 띄우더니 반마력 폭풍이 휘몰아치는 상공으로 거침없이 날아올랐다.

끝이 안 보이는 드넓은 평원 위로, 쏟아질 것 같은 별들을 마주할 수 있었다.

그들은 머나먼 우주와 공허가 가득한 땅의 경계선을 따라서 날았다.

"놈들은 협곡에 있어요."

켈의 증언대로 빠르게 허공을 주파하자, 알리와 켈이 도망쳤었던 협곡까지 빠르게 다다랐다.

그곳을 둘러싸고 미묘한 기운이 감돌고 있었다. 강서준은 거두절미하고 이 공간의 정체를 파악해 냈다.

"백도어잖아. 이거……."

실존하지만 시스템에 의해 인식되지 않는 세계.

말하자면 관리자의 힘이 가장 또렷하게 도드라지는 공간이었다.

"……이렇게까지 한다 이거지?"

그리고 이는 곧, 리루르크가 이 일에 깊게 개입했다는 걸 너무나도 확실하게 증명해 주는 꼴이다.

츠츠츠츳!

다행히 백도어의 출입은 누구나 가능했고, 안쪽으로 진입하니 수많은 몬스터가 애처롭게 포효하며 울고 있었다.

저 수많은 A급 몬스터를 다스리는 것도 어쩌면 관리자가 개입한 결과일 것이다.

솔직히 컴퍼니의 역량이 아무리 뛰어나고, 아이템의 성능이 아무리 좋다고 해도…… 이 정도나 되는 몬스터를 제 뜻대로 끌고 다니는 건 황당한 일이니까.

"정말 본격적으로 개입하는구나."

미간을 찌푸린 강서준은 링링의 마법에 의해 빠르게 하강하기 시작했다.

아래로 내려서니 유리 상자가 가장 먼저 보였다.

그 옆으로 수많은 직원이 이쪽을 돌아보며 화들짝 놀랐다.

"네, 네놈들은?"

"……켈?"

"켈이 살아 있다!"

"켈이 여기에 있어!"

그들은 켈의 멀쩡한 몰골을 보며 바로 무기를 꺼내어 이쪽을 겨누었다.

또한 성급한 몇몇은 원거리 스킬을 발동시키기도 했다.

쿠구구구궁!

하지만 지팡이를 내민 링링이 몇 번 휘젓자 그들의 주변으로 불투명한 방벽이 생겨났다.

육각형 프레임을 갖춘 골격은 단단하게 응축되더니 모든 스킬을 막아 내는 기염을 토했다.

동시에 사방으로 퍼진 링링의 의지가 곧 직원들의 어깨 위로 떨어지기 시작했다.

"그래비티."

그녀의 마법에 의해 생성된 중력이 빠르게 직원들의 어깨를 짓눌렀다.

무게를 못 이긴 몇몇의 무릎이 꺾여 바닥에 닿았고, 전사 계열의 플레이어들만이 겨우 버티어 냈다.

"더블."

링링이 지팡이를 휘젓자 그 중력은 두 배가 되었다. 무릎까지 꺾인 이들은 전부 머리도 바닥에 박아야만 했다.

버티어 섰던 이들도 주저앉으며 표독스러운 눈깔만 떴다.

켈은 헛웃음을 지을 수밖에 없었다.

"정말 링링 님은 못 당한다니까."

나지막이 류안을 발동시킨 강서준은 켈의 감탄에 긍정할 수밖에 없었다.

마력과 반마력을 동시에 다룰 줄 알아야 '공허의 마법사'이자, '대마법사'라 불린다는 건 알았지만…… 그 마법 구현 방식을 보면 정말 놀라울 따름이다.

[스킬, '류안(S)'을 발동합니다.]

강서준은 링링의 중력 마법에 의해 무릎을 꿇은 직원들을 둘러봤다. 그 허공에 휘몰아치는 건 엄청난 속도로 불어나는 마력이었다.

'반마력으로 마력을 양산해 내다니.'

수학 공식에서 '마이너스' 곱하기 '마이너스'는 '플러스'가 되는 법이다.

링링은 이를 응용해서, 반마력과 반마력을 충돌시켜 마력을 만들어 내고 있었다.

'이론이야 간단해. 그걸 직접 해내는 게 말이 안 되는 거

지.'

반마력은 어디까지나 강탈하는 힘을 가진 독과도 같은 존재다.

그리고 누가 자기 몸에 들어온 독 덩어리를 충돌시켜 양분으로 만들 생각을 할까.

다른 사람 같았으면 그 독 덩어리로부터 멀어지기 위해 안간힘을 먼저 썼을 거고, 해독제부터 찾아 몸을 정상화하려 할 것이다.

한데 그녀는 반마력을 처음 마주한 그 순간부터, 도망치기는커녕 연구를 했다고 들었다.

도서관을 찾아보고, 수많은 NPC들을 접촉하고, 직접 수련을 해 본 결과.

그녀는 '반마력'을 운용하는 공식을 만들어 냈다. 아예 새로운 체계를 발굴해 낸 것이다.

링링은 그렇게 천외천 랭킹 3위에 달하는 대마법사가 되었다.

"이익…… 죽어라!"

무릎이 꺾였던 몇몇이 겨우 몸을 일으켜 링링에게 달려들었다.

이 사태를 만든 원흉인 마법사를 쓰러트리면, 중력도 정상으로 돌아오기에 그 선택은 옳았다.

하지만 상대가 링링이라는 점에서 그들은 운이 나빴다.

"캔슬."

한순간에 주변을 억누르던 중력이 소멸하고, 달려들던 직원들이 볼품사납게 바닥을 뒹굴었다.

갑작스러운 무게 변화에 적응하지 못한 탓이다.

또한 곳곳에서 피를 토해 내는 이들도 생겨났다.

중력에 의해 억눌렸던 혈관이 일시에 해방되면서, 사방으로 흐른 혈류가 혈관을 터뜨린 것이다.

링링은 거기서 끝내질 않았다.

"리버스 그래비티."

그녀의 의지가 마법으로 구현되고, 주변을 장악한 마력이 곧 직원들의 몸을 허공으로 띄우기 시작했다.

직원들은 속절없이 떠올라 바동거리는 것 말고는 할 수 있는 게 아무것도 없었다.

무기까지 빼앗아 버리니 놈들의 사기는 회생 불가능한 수준으로 꺾이고야 말았다.

"그리샤는 어디에 있지?"

켈은 완전히 무력화된 직원들 사이를 거닐며 놈들을 쭉 둘러봤다. 링링의 마법으로 가면까지 모조리 치워 버려 얼굴도 확인해 볼 수 있었다.

그리고 미간을 찌푸리며 켈이 다시 이쪽으로 시선을 던진 건 그때였다.

"……놈이 없어요."

"뭐?"

"이놈들의 대장이요. 놈이 안 보일 리가 없는데?"

잠시 말이 없던 그가 대뜸 눈동자를 크게 떴다.

"……설마?"

다음으로 땅을 박차고 향한 곳은 협곡의 중앙에 있던 유리 상자였다. 그곳에 있던 모종의 액체는 텅텅 비어 공허하기만 했다.

켈은 황망한 얼굴로 중얼거렸다.

"이미…… 끝난 거야?"

그 시각.

프랑스 파리의 루브르박물관을 중심으로 생성된 플레이어 거점 '아틀리에'.

그곳의 대표이자, 유니온의 프랑스 지부장인 '카밀리'는 나지막이 탄식을 흘려야만 했다.

"이게 다 무슨……!"

파리는 전반적으로 '마력 제한 구역'이 깔려 있어서 그런지 리카온 제국의 침공도 덜했던 도시였다.

정규 업데이트로 인해 던전이 늘어나고, 마력 제한 구역도 넓어져서 조금 더 곤란해졌을 뿐.

서울을 제외하고, 지구 어느 나라보다 평화로운 곳이라고
자부하던 땅이기도 했다.

근데…….

쿠구구구궁!

지진이라도 날 것처럼 흔들리는 땅 위로 달려드는 수많은
몬스터 떼를 뭐라 설명해야 할까.

마력 제한 구역 특징 때문이라도 물리적인 공격력에 특화
된 녀석들.

그놈들이 무자비하게 건물들을 부숴 대며 이쪽으로 몰려
오는 장면이었다.

"대체 몬스터들이 갑자기 왜!"

"오를리 공항에서도 이상 현상이 발생했다고 합니다!"

"뭐야?"

"외곽의 몬스터들이 일제히 비명을 지르고 있답니다!"

도통 무슨 상황인지 알 수 없었지만, 카밀리는 일단 부하
들을 시켜 아틀리에의 방비를 단단하게 했다.

최근에 유니온의 인력과 기술력이 더해졌으니, 몬스터 웨
이브 정도는 무리 없이 막을 터였다.

쿠구구구구!

한데 밀려든 몬스터들이 아틀리에는 관심도 없다는 듯 스
쳐 지나가고 있었다.

다수의 몬스터들이 이쪽으로 난입하긴 해도, 그 흐름은 마

치 플레이어를 공격하려는 낌새는 아닌 것이다.

루브르박물관의 한쪽에 자리한 첨탑에서 사방을 둘러보던 카밀리는 그 수상한 낌새를 눈치채고 있었다.

"……이거 단순한 몬스터 웨이브가 아니야."

"네?"

"오를리 공항 쪽 몬스터들은 지금 어쩌고 있지?"

"아직 비명을 지르고 있습니다! 전부 경계 태세로 들어갔…… 어? 몬스터들이 이동한답니다! 전부 외곽으로 이동하고 있습니다!"

예상대로였다.

놈들의 목적은 공격이 아니다.

"……도망치는 거야."

"무, 무엇으로부터요?"

"몰라!"

카밀리는 신경질적으로 외치며 몬스터들이 도망쳐 온 방향을 살펴봤다. 어두운 낮이 구현된 파리의 풍경엔 대단히 특별한 건 보이진 않았다.

"으음?"

그때였다.

카밀리는 시야에 들어온 붉은 무언가를 발견할 수 있었다.

빠르고, 거대한…… 무언가가 건물을 부수며 이쪽으로 쇄도하고 있었다.

"······저게 뭐야?"

잠시 땅을 뚫고 들어갔던 무언가가 빠르게 솟구쳐 올라,

가까운 건물을 무너뜨리며 고개를 뻣뻣이 들었다.

기분 나쁜 소음을 끄집어낸 녀석의 입가엔 붉은 화염이 넘실거리고 있었다.

"······용?"

터무니없는 감상 뒤로 녀석의 아가리에서 쏘아진 불꽃이 파리의 시내를 작정하고 불태우기 시작했다.

"미친!"

쏟아지는 화염을 내려다보며 카밀리는 잠시 비현실적이란 생각만을 떠올렸다.

막말로 이게 가당키나 할까.

느닷없이 S급 몬스터라는 '용'이 튀어나와 파리를 불태우는 것이다. 제아무리 세계가 망할 징조를 보인다 해도 이건 좀 과하질 않은가.

당황을 차마 이겨 내기도 전에 용의 불꽃이 아틀리에를 직격했다.

뜨거운 화염이 아틀리에를 보호하던 방어벽을 강력하게 두드렸고, 그 열기를 못 이겨 녹아내리는 광경은 더더욱 현실 밖의 일처럼 느껴질 따름이었다.

"······카밀리 지부장님!"

정신을 차린 건 그의 몸을 거세게 흔든 비서의 손길 덕이

었다.

"다, 당장 유니온에 연락해!"

빠르게 냉정을 찾은 카밀리는 인근에서 포효하며 날뛰는 용을 가만히 주시했다.

잠시 그 웅장한 모습에 놀랐을 뿐이지, 이성적으로 생각해 보면 말이 안 된다는 건 확실했다.

'용일 리가 없다.'

그가 알기론 해츨링이라 해도 A급 던전에 있어야 마땅한 존재였다.

근데 정규 업데이트가 된 지 얼마 안 된 세계관에, 느닷없이 필드에 툭 튀어나올 수나 있을까.

카밀리는 드림 사이드가 그 정도로 망겜은 아니라는 걸 알았다.

여태 그가 살아 있는 게 그 증거다.

'드림 사이드는 더럽게 어려운 게임이지만 선을 넘는 밸붕은 만들진 않아.'

카밀리는 전제를 바꾸기로 했다.

현시점에서 용이 지구에 등장한다는 게 불가능한 얘기라면?

저놈은 포탈 던전에서 나타났던 '쉐도우 드래곤'과 비슷한 페이크용이라 봐야 할 것이다.

"그렇다면 승산은 있다."

아틀리에를 한 번에 불태우질 못한 것만으로도 녀석의 수준이 덩칫값을 제대로 하질 못한다는 방증이었다.

분명 여태 만난 그 어떤 생명체보단 강하겠지만…… 결코 이겨 내지 못할 정도는 아닌 것이다.

"저…… 지부장님?"

한편 유니온에 연락을 하기 위해 분주하게 움직이던 비서가 조심스럽게 입을 열고 있었다.

그 불안한 표정만 봐도 그가 할 대답을 훤히 들은 듯했다.

"……통신이 차단된 것 같아요."

상황은 최악으로.

고립된 그들의 눈앞으로 페이크용이 슬슬 다가오고 있었다.

카밀리는 입술을 잘근 깨물었다.

'이럴 때…… 켈이라도 있었다면.'

부질없는 희망이었다.

켈은 돌연 사라져 돌아오질 못하고 있었으니까.

켈은 빠르게 이동하며 상황을 설명했다.

협곡에 있던 처리반 일당이 이미 반마력을 빼돌려 도망친 상황이라면, 미적거릴 틈은 없었다.

"용의 소환은 아무래도 지구에서 벌어질 겁니다. 그러지 않고서는 의미가 없어요."

녀석들의 목적이 '섭종'이라면, 응당 그럴 것이다.

던전 안에서 용을 소환해 봤자, 던전에 묶여 밖으로 나가질 못하게 될 뿐이니까.

"하지만 재료가 다 모였다고 해도 바로 소환한다는 건 불가능해요. 시간이 필요할 겁니다."

마족의 알도 재료가 다 모였다고 바로 부화가 진행됐던 건 아니었던 것처럼.

용의 소환도 재료가 다 모였다고 하더라도 이를 소화시킬 시간은 필요했다.

'문제는 뒷배가 관리자란 거야.'

과연 녀석이 가만히 있을까?

강서준은 차분하게 호흡을 정돈하며 모든 가능성을 열어 두기로 했다.

관리자가 개입하는 일인 이상 속단은 금물이었다.

또한 아무리 생각해도 뭘 할지 알 수 없는 적을 상대할 때는, 직접 보고 그 자리에서 판단하는 임기응변이 중요했다.

강서준은 고개를 주억거리며 말했다.

"일단 우리 목적은 소환을 저지하는 겁니다. 켈의 말대로라면 아직 기회는 있으니까."

공허의 저편을 가로질러 던전을 빠져나가는 건 어렵지 않았다.

링링은 어느 순간에도 현재 그녀가 선 위치가 어딘지 그 좌표를 기억했고, 던전의 입구도 이미 알고 있었다.

반마력까지 운용할 수 있는 그녀에게 방해가 되는 건 이제 더는 없었다.

그녀는 포탈을 열었다.

"으웨에에에엑!"

도착과 동시에 바닥에 주저앉아 헛구역질을 일삼는 켈을 보며 강서준은 쓰게 웃었다.

강서준은 링링에게 말했다.

"전직까지 했으면서 왜 멀미는 개선이 안 되는 건데?"

"……성공했으면 된 거지."

대충 둘러대는 그녀를 일별한 강서준은 던전의 입구를 바라봤다.

분명 던전을 빠져나가는 길임에도 불구하고, 왠지 던전으로 진입하는 기분이었다.

그리고 그건…… 결코 착각이 아니었다.

키에에에엑!

입구를 통해 밖으로 나서자마자 들려오는 거대한 괴성!

강서준은 가까운 위치에서 포효하는 한 마리의 용을 마주할 수 있었다.

던전의 입구에서 그다지 멀지 않은 건물 위로 녀석은 연신 불꽃을 뿜어 대는 것이다.

그 덕에 어둡기만 하던 파리가 붉게 물들고 있었다.

뒤따라 던전을 빠져나온 켈이 용을 확인하더니 말했다.

"이무기?"

용이 되지 못해 날개마저 잃어버린, 그저 고여 버린 고렙의 뱀.

드림 사이드 1에서는 용아병과 마찬가지로 용의 던전을 지키는 하수인 중 하나였다.

강서준은 눈살을 찌푸리며 파리의 저변에 흐르는 강대한 마력을 느낄 수 있었다.

"진짜 용을 소환하려나 보네."

파리엔 에펠탑을 중심으로 터무니없이 강력한 마력이 넘실거리고 있었다.

그곳을 중심으로 세 마리의 이무기가 화염을 뿜어 대며 시가지를 파괴했다.

마치 이 도시를 제물로 바치려는 듯했다.

그리고 그들이 선 곳으로 빠르게 달려오는 한 플레이어가 있었다.

"지금 거기서 뭐 하는 겁니까? 피해요!"

그는 근방을 서성이던 오우거의 머리를 주먹으로 찍어 누른 뒤, 다급하게 말을 이었다.

"여긴 위험합니다. 몬스터가……!"

말을 잇던 와중엔 그의 발목을 휘어잡는 손이 있었다. 땅속에 숨어 다니는 좀비들이 기회다 싶어 공격을 가해 온 것이다.

"이익! 좀비 새끼들이!"

욕지거리를 내뱉으며 땅을 향해 발길질을 해 댔지만, 좀비들의 손은 더욱 늘어 갔다.

'마력 제한 구역'에서 활동하는 플레이어답게 나름 근력이나 민첩에 투자해 근거리 전투는 자신 있는 모양인데.

이렇듯 땅속에 숨어 기습을 가하는 '땅굴좀비'는 상대하기 버거워 보였다.

아무래도 그들을 죽이려면 땅속 깊숙이 숨은 놈들의 심장을 파괴해야 하니 어쩔 수 없었다.

"윈드 스피어!"

바닥을 박차고 그 자리에 도착한 켈이 남자의 주변으로 무형의 창을 꽂은 건 그때였다.

링링이 반마력을 충돌시켜 마력을 어느 정도 회복시켜 준 보람이 있었을까.

순식간에 파고든 창이 여지없이 땅굴좀비의 심장을 터뜨렸고, 일대에 울리던 좀비의 괴성이 끊어지기까지 오랜 시간이 필요하진 않았다.

켈은 그를 향해 말했다.

"로니. 내가 항상 주변을 살피라고 했어, 안 했어."

"······켈 님?"

"너 그러다 비명횡사한다니까."

황망한 눈으로 켈을 바라보던 로니는 마치 귀신이라도 본 표정으로 올먹이고 있었다.

"사, 살아 계셨군요!"

대번에 켈을 확 끌어안으니 당황하는 건 오히려 켈이었다. 그는 연신 달라붙는 로니를 힘껏 밀어내며 투정을 부렸다.

"떨어져! 뭐 하는 짓이야?"

말은 그렇게 했지만 얼굴에 걸린 미소가 보였다. 이처럼 다소 서툰 감정 표현이 되레 인간미를 돋보이게 하고 있었다.

'확실히 변하긴 했어.'

잠시 그런 켈을 바라보던 강서준은 짧게 혀를 차며 핀잔을 던졌다.

"재회의 기쁨은 나중에 누리고······ 일단 일부터 하자."

"누, 누가 기뻐했다고요."

"빨리 따라와."

쭈뼛대는 켈과 그 뒤를 쫓는 로니.

강서준은 두 사람을 일별하고 빠르게 파리의 시가지를 가로질렀다. 불타 버린 도시 곳곳엔 아직 수많은 몬스터가 포효하는 중이었다.

종류도 각양각색이었고, 이성까지 잃어 마구잡이로 주변을 공격하는 게 특징이었다.

켈이 말했다.

"이 근방 어딘가에 있을 겁니다. 반드시 소환하는 놈을 찾아야 해요."

하지만 곧 그들의 앞으로 거대한 그림자가 드리우고, 한 마리의 이무기가 나타났다.

종전에 켈이 발현한 마법에 반응했을까.

뒤편으로도 한 마리의 이무기가 슬슬 나타나더니 이쪽을 응시하고 있었다.

앞뒤로 포위된 꼴이었다.

"꺄아아아악!"

가까운 곳에서 비명이 터진 건 그때였다. 주변을 둘러보니 건물 내에 다수의 사람들이 보였다.

'미처 피하지 못한 건가.'

한편 이를 본 로니는 굳게 다짐하는 얼굴로 켈에게 말했다.

"제가 잠시 막고 있겠습니다! 부디 저들을 데리고 대피해 주십시오!"

"……뭔 개소리야?"

"켈 님은 희망입니다. 부디 저들을 구해 주세요!"

막무가내로 외친 로니는 공포를 딛고 땅을 박찼다. 이무기가 고개를 젖혀 불꽃을 입에 담고 있는데도 겁도 없이 달려들고 있었다.

"이이이이익!"

하지만 필사의 용기에도 불구하고, 이무기는 로니가 아닌 전혀 다른 방향으로 불꽃을 내뿜고 있었다.

인근에 숨어 있던 피난민들이 목표였다.

"이 무, 무슨……!"

황망한 시선으로 건물을 돌아본 로니의 곁으로 이무기가 비웃음을 터뜨렸다.

역시 저 정도나 되는 몬스터는 지능이 있다. 인간의 약점이 뭔지는 훤히 들여다보고 있는 것이다.

피곤한 녀석.

로니는 절망스럽게 중얼거렸다.

"아, 안 돼……!"

그리고 연기가 걷히자 그을린 흔적조차 없는 멀쩡한 건물 외관이 드러났다.

이무기가 황당하다는 듯 외쳤다.

─어, 어떻게!

이무기가 성난 얼굴로 다시 불꽃을 끌어모을 즈음이었다. 그 옆에 도달한 강서준은 콧등에 검을 꽂아 넣으며 말했다.

"뭘 어떻게야. 이렇게다 새끼야."

[장비 '재앙의 유성검'의 전용 스킬, '블러드 섹션'을 발동합니다.]

에펠탑을 뒤로하고 서늘한 얼굴로 바닥에 마법진을 그리는 한 남자가 있었다.

관리자 리루르크.

그는 직원들이 공허의 저편에서 수집해 온 반마력을 마법진 위로 흘리는 중이었다.

[몬스터, '이무기(A)'가 사망했습니다.]
[몬스터, '이무기(A)'가 사망했습니다.]

별안간 떠오른 메시지였다.

리루르크는 허리를 펴고 멀리 허물어지는 두 마리의 이무기를 확인했다.

무려 A급에 달하는 이무기!

용은 아니더라도 그 수준은 마족과 비견되는 놈들이다. 소환이 어려웠던 만큼 이리 쉽게 처치당해선 안 될 일이었다.

게다가 그가 알기론 프랑스의 아틀리에는 이무기를 처치할 여력이 없질 않던가.

즉 이는 다른 결론을 시사한다.

"드디어 온 거로군."

철천지원수를 보듯 이무기가 쓰러진 방향을 바라본 리루

르크는, 한쪽에서 빠르게 달려오는 그리샤도 발견할 수 있었다.

그리샤는 진땀을 흘리며 다급한 목소리를 냈다.

"고…… 공허의 저편에 문제가…… 생겼습니다! 그곳에 케, 케!"

"케이가 나타났어."

"……알고 계셨습니까?"

리루르크는 대답하질 않았다. 그저 마지막으로 남은 이무기에게 시선을 던질 뿐이었다.

녀석은 두 마리의 이무기의 사망이 분했는지 이성을 잃고 직선으로 달리고 있었다.

녀석의 미래가 훤히 보였다.

'진짜 케이라면 이무기 따위로는 버틸 수 없겠지.'

그가 아는 케이는 도통 종잡을 수 없는 힘을 가진 존재였으니까.

솔직히 녀석이 데칼과 싸울 때, 돌연 그 자리에 나타난 마왕을 보고 얼마나 놀랐는지 모른다.

게다가 이무기 따위를 이기지 못할 정도라면, 감히 리카온 제국을 닭 쫓던 개로 만들지도 못했을 것이다.

'케이는 상식이 통하지 않아.'

0114 채널의 업적을 미리 알아봤었다. 숱한 공부를 통해 케이에 대한 이해도도 높다고 확신했었다.

사전에 마족을 배치하고, 철저하게 준비하여 리카온 제국에 큰 특혜를 준 것도 그 때문이길 않은가.

'그런데도 통하지 않았어.'

거의 다 잡은 승기조차 케이가 관여하면 변수가 생겨난다.

결국 터무니없는 방식으로 상황은 역전되어 버린다.

리루르크는 입술을 잘근 깨물며 케이에 대한 원망을 더욱 크게 키워 나갔다.

'감히 내 계획을 망쳐?'

한편으로 몹시 분노한 리루르크는 의외로 상황을 현실적으로 직시하고 있었다.

그가 이렇게 시스템의 제약을 받을 법한 짓을 서슴지 않고 행한 데는, 단순한 보복 이상의 목적이 있는 것이다.

'케이는 진짜 공략할 놈이다.'

오랜 드림 사이드의 역사상 케이만큼 강한 존재는 더러 있었을 것이다.

S급 던전이 파생되는 시점까지 살아남은 존재도 있었고, 어쩌면 단순 무력만은 케이보다 강했던 이도 기록에 남아 있었다.

그럼에도 케이는 특별했다.

리루르크가 케이를 진심으로 두려워하는 이유는 바로 여기에 있다.

'놈은 선을 넘는다.'

기존의 강자들은 아무리 강해 봐야 '플레이어'였다.

오직 게임 안에서만 강한 존재였고, 게임 외적으로는 절대적인 약자에 불과했다.

한데 케이는 어떤가!

터무니없지만 놈은 0115 채널과 0116 채널을 잇는 통로를 '킬 스위치'로 지워 버렸다.

그걸 어디서 구했는지도 의문이지만, 그런 방식으로 게임에 영향을 준 것부터 문제다.

'앞으로 또 어떤 방식으로 플레이를 할지 감이 안 잡혀. 진짜 예측불허라고⋯⋯!'

해서 단 하나는 확신했다.

지금 그를 막질 못한다면⋯⋯ 0116 채널이 정식으로 오픈하는 일은 영원히 없을 거라고.

"반드시 막아야 해."

리루르크는 서슬 퍼런 시선으로 그리샤를 응시했다.

그는 이번 일에 가장 큰 도움을 준 플레이어였다.

"그리샤. 네가 해 줄 게 있다. 이번에 큰 업적을 세웠으니 특별히 기회를 주지."

"⋯⋯네?"

"이번 일만 도와준다면 너의 직위는 대단히 올라갈 거야. 하겠느냐?"

그리샤의 눈이 금세 탐욕으로 물들었다. 이렇듯 본인의 욕망에 솔직한 인간은 참 다루기 쉬워 좋다.

곧 그리샤의 눈이 흐리멍덩해지더니, 가만히 리루르크의 시선을 마주했다.

"……하명하십시오."

순순히 대답한 그리샤는 리루르크의 손짓을 따라 마법진의 중앙으로 걸어갔다.

리루르크는 그를 향해 말했다.

"긴장 풀어. 네가 손해 볼 일은 아니니까."

대답은 없었다.

대신 마법진을 조작하자, 곧 그곳에서부터 찬란한 빛이 터져 나오기 시작했다.

리루르크의 조정으로 마력과 반마력이 정확하게 50 대 50의 비율로 나뉘고 있었다.

그 기운은 마법진의 중앙에 선 그리샤로 집적된 건 그때였다.

"크으으……!"

곧 욕망에 가득 찬 인간의 비명이 삽시간에 터졌다. 또한 흐리멍덩해진 눈빛이 다시 생생해지고, 녀석은 화들짝 놀라며 외쳤다.

"대, 대체 이건……!"

놈을 마법진에 밀어 넣기 위해 사용한 '현혹'의 효과가 통증으로 인해 풀린 모양이다.

리루르크는 뻔뻔하게 말했다.

"걱정 마라. 네가 원한 직위 상승은 이뤄질 테니."

"사, 살려 주십시오! 대리자님!"

"……뭐 비록 인간은 아니게 되겠지만 말이다."

"뭐? 야, 이 개……!"

고통에 몸부림치며 비명을 지르는 그리샤를 뒤로하고, 리루르크는 포효하는 한 마리의 이무기에게 향했다.

곧 놈은 케이와 한판 붙을 예정이었다.

그리고 종전에 사망한 두 마리의 이무기처럼 처참하게 짓이겨지고 말 것이다.

"아니, 이번엔 다를 것이다."

리루르크는 주머니에서 스마트폰을 꺼내어 뭔가 빠르게 입력하기 시작했다. 아마 이건 명백한 월권이었다.

모르긴 몰라도 이 방법을 쓰면 시스템이 그에게 제약을 가할 게 분명했다.

하지만 리루르크는 망설이지 않았다.

이렇게라도 하질 않으면, 케이란 존재를 이길 방법이 없었던 것이다.

[시스템이 '당신'을 예의주시합니다.]

[시스템은 '당신'에게 경거망동하지 말 것을 경고합니다.]

"시끄러."

[시스템은 '당신'에게 선을 넘지 말 것을 경고합니다.]
[시스템은 '당신'에게 관리자의 권한이 박탈될 수 있음을 경고합니다.]
[시스템은 '당신'에게⋯⋯.]

어차피 목숨을 걸고 시작한 도박이었다. 이제 와서 시스템의 눈치를 볼 필요는 없었다.

애초에 그가 하려는 행동 모든 게 결국은 시스템과 전면으로 맞부딪치는 일이었다.

"어느 정도는 정상참작해 달라고. 먼저 칼을 빼어 든 건 저쪽이잖아?"

[시스템은 플레이어 '케이'에 의해 단절된 통로를 상기합니다.]
[시스템은 플레이어 '케이'의 아이템 중 하나로부터 '불온한 움직임'을 감지했습니다.]
[시스템이 일부 조건을 수용합니다.]

이건 예상치 못한 반응이었다.

혹시 시스템 녀석도 케이에게 어떤 양심을 품고 있던 건 아닐까 의문이 들 정도였다.

"⋯⋯뭐가 됐든 일은 수월해지겠군."

리루르크는 만족한 듯 웃으며 타이핑 속도를 올렸다. 완성된 문장은 서서히 파리의 상공에 닿아 파격적인 흐름을 이끌어 내고 있었다.

⬥

블러드 섹션을 발동하여 다가오는 이무기를 처치하는 건 그다지 어렵지 않았다.

A급 몬스터라 해도 필드에선 딱히 버프가 되질 않았고, 어둡지만 '낮'인 지금은 밤 버프도 생성되질 않았다.

이무기는 생각보다 훨씬 약한 상태였다.

뒤늦게 이무기 한 마리가 더 이쪽으로 다가오는 게 보였지만…… 사실 문제는 아니었다.

신경 쓰이는 건 메시지였다.

[시스템이 '당신'을 예의주시합니다.]

온몸으로 벌레가 기어가는 듯한 간지러운 감각과, 시스템이 그를 바라보고 있다는 시선이 고스란히 느껴지고 있었다.

[시스템이 '당신'에 의해 단절된 통로를 상기해 냅니다.]
[시스템이 '당신'의 아이템 중 하나로부터 '불온한 움직임'을 감지했습

니다.]

  모르긴 몰라도 그가 차원 게이트를 무력화시킨 일부터 그 일을 성공시키기 위해 이루리가 했던 해킹 행위가 어느 정도 발각된 게 분명했다.
  '여태 잠잠하길래 그냥 넘어가는 줄만 알았는데……!'
  메시지는 그게 끝이 아니었다.

  [시스템이 관리자, '리루르크'의 '특권 남용'을 확인했습니다.]
  [시스템이 플레이어 '케이'의 정당성을 납득합니다.]
  [시스템이 일부 조건을 수용합니다.]

  이건 또 무슨 소리야?
  관리자 리루르크의 특권 남용?
  어쨌든 시스템은 강서준의 해킹이나 지난 통로 단절 건에 대해서는 바로 죄를 묻질 않는 듯했다.
  '……정말 사람 같네.'
  일전에 이루리의 무의식에서 마주했던 한 남자가 떠올랐다.
  이루리를 기절시켰던 그가, 정말 '시스템'이라면…… 여태 그가 알던 시스템에 대한 정의는 다시 내려야 할 것이다.
  시스템은 그저 게임의 룰을 지키기 위한 절대적인 규칙이나 관리 프로그램 따위가 아니다.

'어쩌면 진짜 인간 같은 존재일지도 몰라.'

생각을 더 이을 틈은 없었다.

강서준은 눈앞에 다가온 이무기를 향해 빠르게 검을 내질렀고, 들끓는 마기가 푸른 도깨비불이 되어 이무기의 전신을 불태웠다.

그리고 강서준은 고개를 들어 파리의 하늘에 생성되는 수많은 구멍도 확인할 수 있었다.

"저게 다 뭐야?"

그 물음에 화답하듯 안쪽에서 검붉은 마기가 솟구쳤다. 사방에서 쏘아진 거대한 살기에 잠시 몸이 위축되는 듯했다.

ㅡ크크크큭!

기괴한 웃음소리, 머리에 달린 뿔, 박쥐처럼 활짝 펼친 날개…….

파리의 상공에 드리운 건 흡혈귀의 최상급 형태인 '힐다'라는 몬스터였다.

ㅡ여긴 어디지?

ㅡ크르르……!

ㅡ마음에 드는 공간이로군.

그뿐만 아니라 파리의 상공에 드리운 구멍으로부터 여러 마족들이 속속 모습을 드러냈다.

대략 열 마리에 달하는 숫자였다.

그중 개의 형상을 한 놈은 코를 킁킁대더니 강서준에게 바로 시선을 고정했다.

ㅡ케이이이이이!

미친개처럼 빠르게 달려든 놈이 송곳니를 날카롭게 빛내며 물어뜯으려 했다.

채애애애앵!

놈의 공격을 막아 내며 강서준은 상황을 이해할 수 있었다.

별안간 파리에 생겨난 구멍들은 지구 전역에 등장한 마족을 잇는 통로인 것이다.

"하아⋯⋯."

헛웃음이 절로 나왔다.

지구의 모든 마족을 한데 모으는 통로라니!

특히 마력 제한 구역에서 만나선 안 될 몬스터들이 일제히 나타난 것이다.

한 놈 한 놈이 강대한 마기를 흘리고 있었다.

'한 놈씩 상대한다면 모를까.'

한 번에 열이다.

이건 그리고 해도 결코 쉬운 일이 아니었다.

저놈들은 일반 몬스터도 아니고, 개개별로 이름을 가진 엘리트 몬스터였으니까.

"케이."

링링이 긴장한 얼굴로 옆에 섰다. 강서준은 살짝 뒤편을 살피며 말했다.

"사람들은 어쩌고?"

"어차피 저걸 막질 못하면 전부 죽어."

현실적으로 맞는 말이기에 강서준은 그녀의 말에 긍정했다. 막말로 사람들을 지키면서 마족들을 상대로 싸우는 건 불가능한 일이었다.

링링이 말했다.

"녀석이 움직인 거야."

여기서 녀석이라 함은 '관리자 리루르크'를 말한다.

그리고 강서준은 종전에 떠오른 시스템 메시지도 상기해 냈다.

[관리자 '리루르크'에 의해, '마족들의 임시 포탈'이 개설되었습니다.]

강서준의 시선이 에펠탑 아래에서 생성되는 무지막지한 에너지 흐름으로 향했다.

모르긴 몰라도, 마족이 나타나면서 그곳의 흐름이 걷잡을 수 없이 강렬해지고 있었다.

"리루르크…… 정말 말도 안 되는 일을 벌이는구나."

순식간에 그들을 둘러싼 마족들이 각자 마기를 뿜어내며 으르렁대고 있었다.

하나하나가 수준이 높았다.

아무렴 저들은 각 도시를 공격했던 마족의 우두머리들이 모인 집합이었다.

어쩌면 상황은 최악일지도 모른다.

근데 말이다.

"이걸 고맙다고 해야 하나."

분명 위기였다.

지구를 침략하던 마족들이 한자리에 뭉쳐, 적들의 세력은 더더욱 강해졌으니까.

어지간해선 이 상황을 절망적으로 봐야 할 것이다.

하지만 강서준은 씨익 웃었다.

"이번 기회에 마족들도 일망타진할 수 있겠는데?"

링링도 고개를 끄덕이며 답했다.

"그러게나 말이야."

마력과 반마력을 모두 다루는 존재를 '공허의 마법사'라 부를 것이다.

이는 대마법사의 첫 단추.

그리고 이렇듯 그녀가 반마력까지 조종할 수 있게 되면서 무얼 할 수 있는지를 생각해 보면, 상황은 꽤 재밌게 변한다.

"무한의 포탈."

곳곳에서 푸른빛이 번지고 있었다.

무한의 포탈

로니는 잠시 눈을 껌뻑이며 가만히 서 있었다. 도통 상황을 따라갈 수 없었기 때문이다.

'뭐가 어떻게 되는 거야?'

갑작스레 벌어진 몬스터 웨이브!

고립된 와중에도 사람들을 구하기 위해 이무기를 향해 용감하게 뛰어들었던 그였다.

그땐 꼼짝없이 죽음을 상상했다.

상대가 진짜 용이 아닐지라도 레벨이 낮은 로니가 뭘 어찌할 수 있는 몬스터는 아니었으니까.

그의 목적은 오직 시간을 끄는 것이고, 그가 아는 켈이라면 능히 사람들을 구출해 낼 터였다.

분명 그래야 했는데…….

'……이게 뭐냐고 대체.'

로니의 앞엔 어느덧 한 남자가 서 있었다.

터무니없지만 그 사내의 앞으로 거구의 이무기가 비명을 토하며 쓰러지는 게 슬로모션처럼 보였다.

핏기가 사라진 마른오징어처럼 혈색이 완전히 소멸한 이무기는 더는 살아 있는 생명체라 하기 어려웠다.

크롸라라락!

또 다른 이무기가 분개하며 달려들었지만 놈의 최후도 마찬가지였다.

목숨을 걸어도 이길 거라고는 단언컨대 생각조차 해 보질 못할 괴물.

그런 놈을 단신으로 쓰러트린 남자는 지친 기색조차 보이질 않았다.

"다, 당신은……."

로니가 당황을 토해 낼 즈음.

이번엔 하늘에 검은 구멍이 무수하게 생성되기 시작했다.

저도 모르게 고개를 들어 그쪽을 확인한 로니는 숨이 턱 막히는 줄 알았다.

'……마족!'

구멍을 통해서 나타난 괴물들이 죄다 검붉은 마기를 흩뿌려 댔다. 박쥐나 악마 같은 날개를 달고 있기도 했다.

설상가상이라고…… 별안간 다수의 마족이 파리의 상공에 나타난 것이다.

경각심에 온몸이 떨렸다.

"도, 도망쳐야 합니다!"

제아무리 눈앞의 남자가 대단하다고 해도 저 많은 마족을 동시에 상대할 수 있을 리가 없었다.

랭킹 2위인 '리트리하'도 진 제국에서 고작 마족 하나를 상대로 고생하고 있다질 않은가.

하나의 마족은 하나의 도시를 무너트릴 정도로 상위의 몬스터.

현실적으로 상대가 안 된다.

"로니, 괜찮아."

"……네?"

공포에 젖은 눈으로 시선을 돌린 로니는 차분하게 상황을 관망하는 켈을 발견할 수 있었다.

돌연 자취를 감췄던 켈은 그간 무슨 일이 있었는지 어딘가 묘한 분위기가 풍겨 났다.

꽤 같이 지냈던 경력이 긴 로니는 켈의 변화에 민감했다. 그리고 그 변화는 썩 좋은 건 아닐지도 모른다는 결론에 이르렀다.

그가 아는 켈은, 결코 상대를 우습게 보고 방심하는 사람은 아니었으니까.

어떤 상황이든 이성적으로 판단하여 최적의 결론을 도출해 내는 것.

그게 로니가 아는 켈의 최대 장점이었다.

'근데 이 여유로움은 뭐냐고.'

무슨 자신감일까?

로니는 금방이라도 심장을 옥죄어 올 것만 같은 마기에 식은땀을 뻘뻘 흘렸다.

문제는 놈들의 무기가 '마기'라는 것도 있었다.

'마력 제한 구역'에서의 마족은 아무런 디버프가 발생하질 않는 존재니까.

플레이어에게 불리한 환경이었다.

"진짜 괜찮아, 로니. 상황을 똑바로 봐."

켈이 로니의 어깨를 감싸자 산들바람처럼 시원한 마력이 그의 주변을 환기했다.

그제야 로니는 자신이 어떤 상황에 빠져 있었는지 알 수 있었다.

[플레이어 '켈'에 의해, 디버프 효과가 반감됩니다.]

[상태 이상 '공포'가 사라집니다.]

[상태 이상 '혼란'이 진정됩니다.]

[상태 이상 '흥분'이 가라앉습니다.]

압도적인 레벨 차이로 인하여 생성된 무수한 디버프 효과!

한마디로 넋이 나간 상태였던 것이고, 냉정하게 상황을 보질 못한 건 그였단 얘기다.

켈은 눈웃음을 지으며 말했다.

"아까 저 사람이 누군지 물었지?"

켈의 시선을 따라 앞을 바라보니, 그제야 더욱 또렷하게 보이는 사내의 뒷모습이 있었다.

그 뒷모습은 언젠가 본 적이 있는 것처럼 낯이 익었다.

아니, 실제로 본 적이 있었다.

옷차림은 약간 달라졌지만, 저런 분위기를 뿜어내는 사람은 그가 알기론 단 한 명이었다.

그의 옆으로 한 여자가 갑자기 나타났고, 그녀가 지팡이를 휘두르니 검은 구멍 옆으로 푸른 구멍도 생겨나고 있었다.

"케이야."

속으로 들었던 대답을 귀로 확인하며, 로니는 사방에서 들려오는 엄청난 폭음 속에서 유유히 선 그를 바라봤다.

⬥⬥⬥

강서준은 둘러싼 마족을 보며 호흡을 가다듬고 있었다.

새삼스럽지만 링링과 이곳에 오길 잘했단 생각을 뼈저리게 하고 있었다.

"여러모로 귀찮아질 뻔했네."

솔직히 마족이 떼거리로 몰려나온다 해도 형편없이 질 것 같진 않았다.

그가 미르바나를 상대하기 버거웠던 건, 그곳이 던전 안이었기 때문이니까.

아직 밤 버프도 없고, 던전 버프도 받질 못한 마족 따위를 두려워할 필요는 없었다.

마력을 쓰질 못한다고 해도 문제 될 건 아니었다.

진짜 문제는 녀석들을 상대하면 그만한 시간이 소모된다는 거다.

'리루르크가 노린 것도 그거야.'

마족은 오직 시간 끌기용이다.

녀석의 진짜 목적은 어디까지나 '용'을 소환하는 것이며, 성공한다면 마족이 멸망한들 상관없는 일이었다.

용은 단 한 마리라 해도 마족 수십 마리보다 가치가 있었다.

"여긴 맡기고 가. 네 할 일을 해."

든든한 링링의 말에 고개를 주억거린 강서준이 빠르게 땅을 박차려 했다.

그때 견성이 끈질기게 달라붙어 그의 목덜미를 물어뜯으려 이를 드러냈다.

—어딜 도망가려 하느냐!

하지만 강서준은 녀석의 공격에 반응조차 하질 않았다.

츠츳!

그의 옆으로 강렬한 흐름이 일렁였고, 허공에서 생겨난 거대한 방패가 견성의 몸을 튕겨 냈으니까.

-너, 너는……!

"싸우다 말고 도망치는 건 무슨 똥매너야?"

거대한 방패를 쥐고 등에는 수 개의 날개를 활짝 펼친 리트리하!

그는 잠시 강서준과 시선이 마주쳤다. 한마디 말을 섞질 않아도 그 생각이 고스란히 전달되는 듯했다.

"네 상대는 나다."

-이이익……!

분노를 토해 내는 견성이었지만 더 강서준을 쫓기란 무리였다. 리트리하가 본격적으로 대검마저 꺼내어 공세로 접어들었으니까.

그리고 다른 마족들도 상황은 비슷했다.

-이, 인간 따위가!

-건방진 인간들이여! 죽어라!

"링링 님을 도와! 마족을 처단하라!"

"우리도 참전하겠습니다!"

관리자 리루르크가 마족들이 통하는 임시 포탈을 개설했듯, 공허의 마법사인 링링도 전 세계를 대상으로 포탈을 연

것이다.

"링링 님!"

그 대가로 모든 마력과 반마력을 소진한 링링이 일어날 기운도 없이 바닥에 주저앉았다.

그 옆으로 포탈을 넘은 김훈이 달라붙어 치료를 감행했지만 소용없는 짓이었다.

마력 제한 구역에선 포션 사용이 제한된다.

"됐어. 그보다 저쪽……."

링링이 가리킨 방향엔 금방이라도 무너질 것 같은 건물에서 몸을 떨고 있는 피난민들이 있었다.

"저들부터 구해."

"……알겠습니다. 금방 돌아오죠."

한편 서울로 연결된 포탈이 유난히 활짝 열려 더 많은 플레이어를 불러들이고 있었다.

그중 단연 빛나는 한 사람.

"대뜸 하늘에 헬프라 적어 놓고 포탈을 열면 뭘 어쩌란 거예요?"

[플레이어 '마일리 그레이스'가 스킬, '성스러운 기도'를 발동합니다.]

그녀를 중심으로 마기가 일제히 물러나며, 점차 황금빛 기운이 구간을 채워 나갔다.

"강서준 씨!"

에펠탑으로 달려가던 강서준은 그를 부르는 소리에 고개를 돌려 확인했다.

번 블러드를 발동한 최하나가 빠르게 그의 곁으로 따라붙은 것이다.

그녀는 강서준의 옆으로 날 듯이 따라가던 켈을 향해 날카로운 시선도 보냈다.

다만 전처럼 섣불리 총구를 겨누진 않아 다행이었다.

켈은 너스레를 떨었다.

"눈에서 광선 나오겠어요."

"원하면 네 눈엔 피가 나오게 해 줄게."

"……사양합니다."

말다툼은 오래가질 않았다.

에펠탑의 인근으로 다가서니, 그곳을 지키던 한 놈이 당당하게도 모습을 드러냈던 것이다.

강서준은 미간을 구겼다.

"벨벱……?"

-간만이구나. 케이.

그 힘만 해도 미르바나보다 한 끗발 위에 선 존재로, 마왕의 분신이라 불리는 마족.

그 수준으로 치자면 A급 던전의 중간 보스급이라 해도 될 것이다.

"벨뱁이 소환됐다는 얘기는 없었는데."

"……관리자가 숨겨 둔 거겠죠."

마족들의 침공에서 '마족의 알로 본신의 능력을 부화시키려던 이유는, 오직 지구가 그들을 감당할 준비가 되질 않았기 때문이다.

정규 업데이트 이전의 일이니까.

하지만 지금처럼 정규 업데이트 이후라면, 벨뱁 같은 최상위 개체도 본 힘을 되찾는 조건이 낮아져 있을 터였다.

사실 용이 소환되는 터무니없는 현장에서, 마왕보다 살짝 못난 몬스터의 등장은 어색하진 않았다.

"여긴 저한테 맡겨 주세요."

최하나가 마탄을 장전하며 심기일전의 눈으로 벨뱁을 쳐다봤지만, 강서준은 고개를 저으며 부정의 의사를 밝혔다.

그녀를 믿질 못하는 게 아니다.

최하나라면 벨뱁을 상대로도 격전을 벌일 수 있을 테니까.

진짜 이유는 따로 있었다.

"무시해도 돼요. 괜찮아요."

강서준은 이쪽으로 빠르게 도달한 강대한 기운을 확인했다.

땅을 박차고 뛰어오른 한 남자의 위로 거대한 킹콩의 형상이 있었다.

재밌는 건 킹콩이 갑옷을 걸쳐 입고 있다는 것이다.

"으랴아아아아!"

묵직한 주먹질에 마기가 부딪치니 충격파로 인근의 건물이 폭삭 주저앉았다.

또한 충격의 여파로 바닥에 떨어진 나도석의 주변엔 싱크홀이 생겨난 것처럼 크레이터가 만들어졌다.

"좀 치는데?"

피식 미소를 지은 나도석은 전보다 두 배는 빠른 속도로 벨벱에게 접어들었다.

마치 전투기가 마하의 속도로 접어든 것처럼 소닉붐이 일었다. 그의 주먹에 맞닿은 벨벱은 실로 당황한 얼굴이었다.

콰아아아앙!

그 광경을 지켜보던 켈은 헛웃음을 지으며 말했다.

"혹시 제가 1년 동안 의식을 잃었던 건 아니죠?"

"네?"

"아뇨. 나도석마저 못 본 사이에 슈퍼맨이 되어 있길래요."

이러니 컴퍼니가 미련을 접고 폐업을 결정한 거겠지, 작게 중얼거린 그는 강서준에게 시선을 돌렸다.

정작 강서준은 막강한 파워를 보여 주는 나도석에겐 관심조차 두질 않았다.

"저 사람이 리루르크야?"

강서준의 시선이 닿은 곳은 에펠탑의 인근이었다.

마력과 반마력이 교차해서 폭풍처럼 휘몰아치는 한 장소.

검은빛과 푸른빛이 수시로 솟구치는 마법진 위로 한 남자가 덩그러니 서 있었다.

미간을 좁혀 확인한 켈이 고개를 가로저었다.

"저자는 '그리샤'입니다."

"처리반장이라는?"

"네. 근데 왜 쟤가 여기에……."

켈은 켈투의 기억 속에서 용의 소환 의식에 대해서 빠르게 찾아봤다.

그중 소환은 결국 '매개'를 바탕으로 이뤄진다는 걸 알아낼 수 있었다.

"설마…… 저놈을?"

불안함에 마법진의 인근에 다가선 켈은 더욱 황당한 메시지를 마주해야만 했다.

용의 소환엔 그만한 시간이 필요한 법이고, 당연히 아직 여유가 있을 줄 알았더랬다.

[관리자 '리루르크'에 의해, '시간 가속'이 진행 중입니다.]

[외부 공간에 비해 시간이 빠르게 흐릅니다.]

리루르크가 본인의 권능을 바탕으로 '시간'을 조작한 것이다.

즉 시간적 여유가 있을 거라 생각했던 기존의 판단은 모조리 쓸모없는 종이 쪼가리가 되었다.

"젠장……."

한편 매개가 된 그리샤는 가까이에 접근한 강서준을 향해 고개를 바짝 들었다.

윤기가 흐르던 길고 검은 머리카락이 어느덧 푸른색의 물결을 머금고 있었다.

눈을 뜨니 바다처럼 짙고 푸른 눈동자가 그를 반겼다.

"블루 드래곤……?"

이른바 수룡.

아직 눈에 초점이 없는 걸로 보아 의식은 없는 듯했지만, 용의 특징이 서서히 드러나고 있었다.

놈이 강서준을 보며 포효하자 그에 걸맞은 마력과 반마력도 휘몰아쳤다.

켈이 호흡을 가다듬었다.

"잠시 녀석을 붙잡고 있어 주세요."

"응?"

"아직 완전히 소환된 게 아니라면 되돌릴 방법이 있어요."

강서준은 말없이 켈과 그리샤를 번갈아 바라봤다.

그리샤는 가속된 시간만큼이나 빠르게 강해지고 있었다.

조금만 더 늦었다면 감히 상대할 수조차 없었을지도 모를 것이다.

그리고 상황에 대한 이해는 빠르게 끝낼 수 있었다.

당장 켈의 말을 따르는 것 말고는 별다른 묘안이 없었다.

어쨌든 그는 관리자 샛별이 말한 지구를 구할 유일한 카드였다.

"오래 붙잡고 있진 못해."

그렇게 강서준이 휘몰아치는 폭풍을 무시하며 마법진으로 진입한 순간이었다.

[시간이 가속됩니다.]

[시간이 가속됩니다.]

[시간이 가속됩니다.]

……

……

[48시간이 지났습니다. 차원 서고의 제한이 해제됩니다.]

[장비, '만물서'를 사용할 수 있습니다.]

……응?

정령화

세상과 직접적으로 연결됐으면서 모든 게 단절된 공간.

건너편의 풍경은 거리낌 없이 보이되, 저들은 이쪽을 볼 수 없을 것이다.

이곳은 관리자의 백도어.

리루르크는 손목을 묶은 족쇄를 신경질적으로 철렁대며 외쳤다.

"이거 놔! 놓으라고!"

어떻게 만든 물건인지, 힘을 주어도 부서질 기미가 없었다. 관리자의 권능을 쓰려 해도 상대가 상대다 보니 소용없는 짓이었다.

아무렴 당연한 일이었다.

"샛별…… 이 개자식아!"

상대 또한 관리자였으니까.

그것도 현 채널의 주인이나 다름없는, 그보다 더더욱 현역에 가까운 존재.

발휘할 수 있는 권능은 훨씬 더 다양하고 강한 게 현실이었다.

"이거 풀라고오오오!"

하지만 리루르크는 결코 기가 죽질 않았다.

되레 적반하장이란 단어가 무언지 톡톡히 보여 주는 언행을 일삼고 있었다.

샛별은 짧게 혀를 찼다.

"너도 이제 적당히 좀 해. 네가 그리 설쳐 대면 게임이 노잼이 된다고. 알아?"

솔직히 샛별은 리루르크의 개입을 싫어하는 편은 아니었다.

일찍이 등장한 마족과 리카온 제국의 침략은, 드림 사이드 1과 2를 나누는 변주처럼 느껴졌으니까.

본래 그가 했어야 할 일을 알아서 해 주는 리루르크에게 약간의 고마움도 느낀 적이 있었다.

하지만 이처럼 대놓고 설쳐 대는 건 선을 넘어도 한참을 넘었다.

"게임의 밸런스는 고려했어야지."

그래.

용을 소환하려는 것까진 괜찮았다.

리루르크가 개입한 만큼, 샛별도 어느 정도 개입하여 플레이어에게 해결책을 제시했으니까.

남은 건 플레이어가 '용'이 소환되기 전에 몬스터 웨이브를 뚫고, 어찌어찌하여 용의 소환을 저지하는지 보면 될 일이었다.

"근데 시간 가속은 과했어."

리루르크의 시간 가속으로 인하여, 현재 그리샤는 탈(脫)인간이라 할 정도로 강해지고 말았다.

그 수준은 지구의 모든 마족을 합쳐도 당해 낼 수 없는 정도였다.

게다가 시간 가속은 멈추지 않았고, 그리샤는 갈수록 밸런스 따위는 개나 줘 버릴 괴물로 성장하고 있었다.

제아무리 케이라 해도 막을 수 있을지 장담하지 못했다.

당장 '용의 특성'마저 일부 각성한 걸 보면 사태는 걷잡을 수 없을 정도로 커져 있었다.

'게다가 버그도 아니야.'

관리자가 개입해서 만든 일이다. 이 일을 빌미로 시스템이 리루르크에게 모종의 책임을 물을 순 있어도, 몬스터 자체가 지워지진 않는 것이다.

애초에 용을 소환하는 과정에서 플레이어가 개입한 탓에,

어지간해선 시스템이 관여할 여지조차 없었다.

"아아…… 진짜!"

슬슬 리루르크는 족쇄를 풀 수 없단 사실을 깨달았는지, 조금은 얌전해져 있었다.

백도어 너머로 괴물이 된 그리샤가 크게 포효하고 있었다.

리루르크는 이죽거리면서 말했다.

"샛별, 그래 봐야 어차피 이 채널은 여기서 끝이야. 넌 이미 끝난 거라고!"

아마 그럴 것이다.

용이 진짜로 완전히 소환되어 버린다면, 현시점의 플레이어가 이를 감당할 수는 없을 테니까.

초심자 사냥터에 보스급 몬스터를 풀어놓는 꼴이다.

샛별은 알 수 있었다.

'머지않아 지구는 초토화된다.'

채널에 직접적인 개입은 하질 않겠다는 본인의 철학을 깨뜨리지 않는 한, 현 상황을 타개할 방법은 없을 것이다.

'진짜 절망적인 상황인데…….'

가만히 케이의 뒷모습을 바라보던 샛별은 씨익 입꼬리를 올려 웃었다.

"왠지 해낼 것 같단 말이지."

"뭐?"

분명 리루르크의 개입은 밸런스를 파괴했다. 플레이어에

게 가망은 없었다.

근데 당장 강서준에게 용솟음치는 힘과, 그의 손아귀에 쥐어진 무기를 보고 있노라면 말도 안 되는 상상을 하게 된다.

만약…… 만약에 말이다.

'이 상황을 뒤집을 수 있다면?'

샛별의 시선은 기대감을 품고 강서준을 바라봤다.

강서준은 물밀듯이 밀려오는 방대한 정보의 양에 나지막이 탄성을 내뱉었다.

만물서(萬物書).

도서관 사서의 전용 장비이자, 차원 서고의 주인이 되어야만 본연의 힘을 발휘하는 L급 아이템.

차원 서고와의 동기화를 마치면서 개방된 기능은, 가히 L급 장비라는 이름이 허명이 아니라고 주장하는 듯했다.

'게임에선 편한 기능에 불과했는데…….'

강서준은 현재 무수한 문자의 나열 속에 휩싸여 있다고 해도 과언이 아니었다.

철학, 예술, 과학, 역사, 마법, 검술……!

마치 도서관이 그의 머릿속으로 통째로 들어온 느낌이었다.

'그 내용까지 바로 이해하진 못하겠지만.'

만물서를 가졌다는 이유로 갑자기 현자가 될 순 없다.

다만, 원하는 정보를 쉽게 찾을 수는 있었다.

만물서의 가장 큰 기능은 바로 차원 서고에 저장된 도서를 언제 어디서든 꺼낼 수 있다는 점이었으니까.

강서준은 간단한 집중을 통해, 눈앞에 나열한 수많은 서적을 확인했다.

게임에서 보던 인터페이스보다 훨씬 정갈하게 정리되었고, 그의 의식에 맞추어 원하는 내용도 검색할 수 있었다.

[도서관 시스템을 사용할 수 있습니다.]

실제로 차원 서고 안에서만 가능한 기계적인 목소리가 머릿속에 울렸다.

[현재 플레이어 '강서준' 님이 열람할 수 있는 내용은 다음과 같습니다.]

흠이라면 만물서를 이용하더라도 차원 서고의 열람 제한은 여전하다는 것이다.

차원 서고 2층을 열더라도 일정 기준을 돌파하지 못하면 확인조차 할 수 없는 정보들…….

아쉽게도 그의 레벨이 낮아 감당하지 못할 S급 던전 등의 정보는 접근조차 불가했다.

'됐어. 조건은 언제든 만족시킬 수 있어.'

아쉬울 건 없었다.

영원히 잠겨 있는 봉인이 아니라, 조만간 풀어낼 봉인이었다.

그때가 된다면 강서준은 세계의 비밀에 더 빨리 다가설 수도 있을 것이다.

그만큼 드림 사이드의 공략은 더욱 쉬워지겠지.

'그보다 스킬은……'

강서준은 빠르게 스킬 목록을 확인했다.

예상대로 만물서가 제 기능을 하니, 그 내부에 저장된 스킬에도 유의미한 변화가 있었다.

[스킬, '초재생(S+)'을 발동합니다.]

전신을 뒤덮은 자잘한 상처가 차츰 아물어 갔다. 이전과 극명한 차이는 없었지만 그 효율 면에서 좋아졌다는 걸 알 수 있었다.

안 그래도 '마력 제한 구역'이라 다신 회복할 수 없어 아쉬운 상황이었는데, 딱 좋은 성능이었다.

'링링도 당장 복귀하진 못하니까.'

무한의 포탈을 연 그녀가 회복할 방법은 프랑스로부터 멀어지는 것밖에 없었다.

아마 그녀가 돌아올 즈음엔 모든 일이 끝나 있을 터.

'결국 한정된 마력으로 이 상황을 끝내야 해.'

강서준의 시선은 포효를 잇는 그리샤에게 닿았다. 가장 무서운 건 이놈의 성장은 여전히 현재 진행형이란 거다.

"케이. 절 믿어 주세요. 잠시만이라도 시간을 끌어 주시면 제가 어떻게든……."

무슨 생각인지는 몰라도 켈은 그 말을 끝으로 눈을 꾹 감아 버렸다.

그로부터 무언가가 파동 쳤고, 주변으로 회오리바람도 일어났다.

"뭘 하려는지는 몰라도……."

그는 관리자가 구하라기에 구한 사람이다. 아무렴 상황을 타개할 방법쯤은 있을 것이다.

"……얼른 끝내라고."

크롸라라락!

돌연 그리샤의 중심으로 거대한 물결이 생성됐다.

요동치는 파도가 그 키를 높여 건물을 덮쳤고, 어느덧 해일이 되어 강서준을 향해 밀려왔다.

역시 일전에 싸워 본 쉐도우 드래곤 따위와는 비교조차 되질 않았다.

아직 완전한 각성을 끝낸 것도 아니건만…… 이 정도의 마법이라니.

"다들 긴장해. 놈은 용이야."

강서준은 호흡을 가다듬으며 그의 정면으로 백귀를 소환해 냈다.

그중 로켓은 빠르게 앞으로 내달리더니 높이 점프하며, 바닥을 작은 주먹으로 내리찍었다.

크콰카카카칵!

솟아오른 돌벽은 한시적이지만 해일을 막아 낼 수 있었다.

일전에 진화로 인해 '땅의 마법'을 일부 사용할 수 있게 된 로켓의 권능이었다.

다만 곧 벽에 실금이 생겨나, 물줄기가 줄줄 새고 있었다.

ㅡ흐아아아압!

기합을 내지른 오가닉은 벽이 무너지는 틈을 노려 창을 내던졌다.

묵직한 기운이 감돌며 정면에 쇄도한 창은 파도를 가르고, 용의 앞까지 다다랐다.

크라아아악!

하지만 그리샤는 파도를 조종해서 방어벽을 만들어 내기에 이르렀다.

또한 파도는 마치 의지를 가진 것처럼 허공으로 떠올라, 자유자재로 움직이기 시작했다.

강서준은 짧게 혀를 찼다.

"그래. 그래야 용이겠지."

마법의 종주라 불릴 정도로 마법 하나만큼은 기가 막히게 말해 내는 종족.

이런 놈을 상대할 땐, 상식 따위는 개나 줘 버려야 한다.

"라이칸. 넌 켈을 지켜."

─왕의 뜻대로 될 것입니다.

"최하나 씨는 백업을 부탁드릴게요."

"네."

수 갈래로 나뉜 파도가 사방에서 휘몰아치며 강서준을 노리고 다가왔다.

최하나나 켈을 향해 물줄기가 쏘아지는 것도 금방이었다.

그중 몇 개는 라이칸이 히드라의 마검으로 겨우 막아 냈고, 나머진 최하나가 마탄을 폭발시키는 방법으로 물을 초토화했다.

잠시지만 알리는 그리샤의 무의식으로 숨어들어, 그 움직임을 머뭇거리게 만들었다.

이익……!

결국 그리샤가 약이 바짝 오른 얼굴로 이를 갈았다.

놈의 몸에서 더더욱 강대한 마력이 솟구쳤고, 주변을 뒤덮은 물의 양이 대폭 늘어났다.

물줄기는 용의 형상으로 변하여 파리의 상공을 날아다니

기 시작했다.

그 잠깐 사이에도 그리샤는 성장한 것이다.

"시간을 끌수록 불리한 건 이쪽이야."

강서준은 두 눈을 금빛으로 물들이며 초상비를 발동했다. 마기를 진동시켜 '마광속'마저 시전하니, 거칠지만 빠른 속도로 이동할 수 있었다.

"그럼 어디……."

그는 빠르게 거리를 내달리며 그리샤에게 접근했다.

달릴 때마다 크레이터가 생성됐고, 마광속과 초상비의 합동으로 좀 더 거친 '이형환위'가 완성됐다.

그리샤의 물줄기가 그의 잔영만을 꿰뚫었고, 강서준은 그리샤의 머리맡에 도달할 수 있었다.

[장비, '그랑의 어금니 단검'을 착용했습니다.]

[장비, '그랑의 어금니 단검'의 전용 스킬, '그랑의 포효'를 발동합니다.]

용을 상대할 땐, '용의 이빨'만큼이나 탁월한 무기도 없다.

비록 수룡에겐 상성에서 밀리는 화룡의 어금니라 해도…… 그 대미지는 다른 무구보단 강했다.

키아아아앗!

어깻죽지를 베인 그리샤가 몹시 괴로워하며 몸을 비틀었

다. 얼마나 아팠는지, 여태 마법진은 벗어나질 않던 녀석이 껑충 뛰어올라 그 자리를 피할 정도였다.

강서준은 기회를 놓치지 않았다.

푸숙!

강서준은 창졸간에 내던진 재앙의 유성검으로 놈의 허리를 콱 찌를 수 있었다.

키아아아아악!

하지만 아쉽게도 재앙의 유성검은 놈의 피까지 빨아들일 수는 없었다.

놈이 재빠르게 재앙의 유성검을 튕겨 내고 말았으니까.

[스킬, '이기어검술(C+)'을 발동합니다.]

"쉽진 않다 이거지?"

일단 재앙의 유성검을 회수하며 뒤로 물러난 강서준은 호흡을 정돈했다.

"강서준 씨!"

투타타타탕!

최하나가 마탄을 연신 발사하며 강서준의 빈자리를 채워 줬다.

그녀의 마탄이 상하좌우를 막론하고 그리샤를 향해 쏘아졌기 때문일까.

녀석은 잠시 몸을 웅크리고 공격을 버티고 있었다.

'……아니, 잠깐.'

[스킬, '류안(S)'을 발동합니다.]

[스킬, '영안(S)'을 발동합니다.]

금빛 눈동자 위로 푸른 불꽃을 불태운 강서준은, 녀석의 아래로부터 거대한 무언가가 서서히 떠오르는 걸 볼 수 있었다.

강서준은 저도 모르게 기함을 토했다.

'……용?'

말하자면 마법진으로 인해 소환된 용의 영혼이, 서서히 그 리샤에게 다가가고 있었다.

결국 놈의 소환이 초읽기에 들어갔다는 것이다.

"케이 님."

절체절명의 순간.

"이제 됐어요."

여태 잠자코 있던 퀠이 눈을 반개하며 그의 옆에 다가섰다.

그 눈을 마주한 강서준은 온몸에 소름이 오소소 돋는다는 걸 느낄 수 있었다.

익히 그가 알던 스킬이었지만, 그 내용물이 터무니없을 정도로 달랐던 것이다.

"이걸로 지난 빚은 전부 갚는 겁니다. 제 몫까지 부디 공략에 성공해 주시길."

거친 회오리바람을 일으키며 켈의 외관으로 반투명한 무언가가 걸쳐져 있었다.

켈의 변화는 상당히 극적이었다.

'저건……'

어느덧 어깨에 날개가 돋아났고, 입가엔 부리가 생겨났다.

그의 주변으로 실 같은 게 한 올 한 올 흩날렸고, 바람이 빨려 들어가 회오리를 일으키고 있었다.

마치 도깨비 갑주를 걸친 것처럼 반투명한 형상이 켈의 몸을 뒤덮고 있는 것이다.

강서준은 그게 무언지 바로 알았다.

'실피드.'

터무니없지만 정령왕 실피드의 형상이 켈에게 덧씌워져 있었다. 강서준은 헛웃음을 지었다.

'그것도 그냥 실피드가 아니야.'

당장 눈앞에 있는 켈에게서 존재해선 안 될 거대한 힘이 느껴지고 있었다.

일전에 기계성의 회상에서 봤었던 '아쿠아'는 비교조차 안 될 파괴력이었다.

B급도, A급도 아닌…… S급.

말하자면 훗날 완전한 각성을 마쳐 용에 버금간다는 정령인 '태고의 정령왕'이 현신한 꼴이었다.

'……켈에게 저런 스킬이 있다는 건 알고 있었지만, 그래도 이건.'

츠츠츠츳!

어찌나 그 힘이 강력했는지 가만히 서 있는데도 주변의 공기가 조금씩 찢어지고 있었다.

공간이 살짝 일그러진 것도 착각이 아니었다. 켈이 지금 사용하는 스킬은 말 그대로 정령을 그의 몸으로 빙의시키는 것.

[플레이어 '켈'이 스킬, '정령화(L)'를 발동합니다.]

강서준은 눈살을 찌푸리며 앞으로 나아가는 켈의 뒷모습을 바라봤다.

'역시 말이 안 돼.'

천외천 11위인 바람의 정령술사인 켈이 '정령화'를 사용하는 게 이상하단 말이 아니다.

그가 스텟을 올 민첩으로 찍었던 이유가, 사실 정령과 하나가 되기 위함이었으니까.

마력을 다른 방식으로 보충하더라도 그 스킬 하나만을 위해서 기꺼이 고생을 선택한 거니까.

'문제는 태고의 정령왕이야.'

말했듯 태고의 정령왕의 수준은 용에 버금가는 S급 몬스터라 볼 수 있었다.

과연 그런 존재를 제 몸에 빙의시키는 일이, 현시점에서 가당키나 한 일일까.

강서준은 그 또한 밸런스 붕괴를 초래하는 일이라고 생각했다.

시스템도 비슷하게 생각했는지 바로 메시지를 띄웠다.

[!]
[버그가 발생했습니다.]
[시스템이 버그의 상태를 확인합니다.]

그리고 강서준은 입술을 잘근 깨물며 켈을 바라봤다.

그가 무슨 짓을 벌였는지도 대번에 알아차릴 수 있었다.

"켈, 너…… 설마."

버그를 유발할 정도로 신체의 수준이나 스킬의 등급을 초월시키는 물건.

강서준은 그걸 본 적이 있다.

'던전꽃.'

거두절미하고 류안을 발동한 강서준은, 켈의 몸속에 자리한 '던전꽃'을 확인할 수 있었다.

'……그 약물을 삼킨 건가.'

'변이 바이러스'와 '던전꽃'으로 조작한 컴퍼니 특유의 약물.

자고로 그게 주입된 몬스터는 버그라 판명당할 정도로 힘이 폭주하기 마련이었다.

강서준은 신경질적으로 말했다.

"그러면 네 목숨이……!"

켈은 폭풍 같은 호흡을 길게 내뱉더니 강서준을 향해 나지막이 입을 열었다.

"어차피 이리될 일입니다."

"뭐?"

"켈투와 합쳐진 순간, 이 결말은 결정됐어요."

켈의 시선이 잠시 파리를 훑었다.

사방에서 폭풍이 일어나며 곳곳에 숨었던 사람들이 일제히 허공으로 떠오르고 있었다.

일련의 소동에서도 미처 피하지 못한 사람들을, 켈이 마법으로 구해 내고 있었다.

"켈투가 그러더군요. 다 타 버린 잿더미만 남은 삶보다는, 무언가를 위해 스스로를 불태우는 때가 훨씬 나았다고."

그가 손짓하자 바람에 실린 사람들은 두둥실 날아가 일대를 경계 중이던 루브르박물관 상공에 다다랐다.

파리 곳곳에 흩어진 수많은 사람들을 손짓 한 번으로 대피시키는 능력.

가히 신이 따로 없다.

아마 틀린 비유도 아닐 것이다.

정령화는 무려 L급 스킬이었고, 그로 인해 깃든 태고의 정령왕은 그들의 세계에선 신적인 존재였다.

현재 켈의 레벨에서 못해도 100은 더 올려야 겨우 비슷한 힘을 낼까 말까 한 것이다.

켈은 슬프게 웃으며 말했다.

"당신은 제게 불씨를 주었습니다. 다시 불타오를 기회가 생겼죠. 그럼 응당…… 다시 불태워야 하지 않겠."

켈은 말을 하던 와중에 빠르게 몸을 움직였다.

여태 회오리에 억류되었던 그리샤가 속박을 벗어나 공격을 가해 온 것이다.

켈은 다급하게 외쳤다.

"여유가 없군요. 뒤를 부탁합니다!"

그 말을 끝으로 켈은 스스로가 폭풍이 되어 그리샤에게 달려들었다.

물줄기가 회오리에 휘감겨, 허공엔 수룡이 바람을 뜯어먹는 형상이 나타났다.

회오리 속에선 무수한 바람 칼날이 날카롭게 그리샤의 전신을 난도질했다.

아직 용의 영혼과 완전히 융합하질 못해 '성장 중인 괴물'과, 억지로 정령왕을 빙의시킨 '완성형 괴물'의 싸움.

결과는 정해져 있는지도 모른다.

"끄아아아아악!"

그리샤의 온몸엔 어느덧 바람 송곳이 뚫고 지나갔다. 잘려 나간 팔다리는 아무렇게나 널브러졌다.

머리도 잘려 나가 바닥을 나뒹굴었지만, 여전히 비명을 지르는 걸 보면 놈은 살아 있었다.

그도 그럴 게, 이미 신체는 용의 특성을 거의 각성한 상태인 것이다.

'불사의 몬스터.'

용은, 용의 무기로만 죽일 수 있다.

그 특징이 고스란히 발현된 그리샤의 몸은 빠르게 재구성되어 부활하고 있었다.

그때, 켈이 그 자리에 당도했다.

"용을 죽이는 방법은 용의 무기를 활용하는 것만 있는 게 아닙니다."

재구성되는 몸에 켈의 마력이 깃들었다. 실피드와 하나가 된 켈은 마치 바람과 같아, 그리샤의 신체 곳곳으로 스며들고 있었다.

그리샤가 발악하며 켈을 밀어냈지만, 몇 번이고 달라붙어 융합 과정에 관여했다.

그 와중에 본인의 몸이 찢어지고 터져 나가더라도 상관하질 않았다.

강서준은 그제야 그 노림수를 깨달았다.

"동귀어진할 셈이냐?"

용은 용의 무기가 아니면 죽일 수 없는 존재. 그건 녀석의 종족값에 정해진 특성이자, 불변의 법칙이었다.

하지만 현재 켈의 상태는 어떤가.

'버그로 판명당한 상태야.'

그리고 버그는 곧 시스템에게 지워지기 마련이다. 머지않아 켈은 시스템에 의해 소멸하고 마는 것이다.

"어차피 죽을 테니 같이 죽으려는 거냐고."

켈은 현명했다.

이런 식으로 동귀어진을 노린다면, 제아무리 용의 영혼이 융합되더라도…… 켈의 몸과 동화된 녀석은 시스템에 의해 제거된다.

리루르크의 계략이 무엇이든 버그를 지우려는 시스템의 의지마저 무시할 수는 없으니까.

"하지만……."

강서준은 이를 까득 깨물었다.

몇 번을 다시 생각해도 그는 이 상황을 납득할 수 없었다.

아니, 납득하기 싫었다.

"……이따위로 빚을 퉁 치려고?"

켈은 그다지 살릴 가치가 없는 인물일지도 모른다.

몇 번이고 뒤통수를 쳤고, 언제 다시 그의 뒤를 노려도 이상하지 않을 사람이니까.

하지만 이런 식으로 끝을 맺는 건 용납할 수 없었다.

'전생인 새끼. 툭하면 목숨을 버리려 하지? 아주 잘났어. 죽으면 전생하면 그만이니까!'

물론 이번엔 다르다.

버그로 판명당해 삭제되는 건, 죽는 게 아니라 소멸이라 불러야 한다.

켈은 전생조차 포기하고, 이 세계를 구하기 위해 목숨을 내던지고 있었다.

왜 그런 선택을 하는지는 몰라도, 그의 희생으로 지구는 살아남을 것이다.

"……웃기고 있네. 희생하면 만사 오케이냐?"

강서준은 두 눈을 번뜩이며 말했다.

"도서관 시스템. 이 상황을 타개할 방법이 있을까?"

[아직 처리할 수 없는 기능입니다.]

"……용을 막을 다른 방법은?"

[검색 중입니다. ……차원 서고 2층의 34번째 책장 '용의 기원'을 추천합니다.]

강서준은 눈앞에 드리운 문자열을 쭉 둘러봤다. '집중'을 사용하여 신간을 쪼개니, 허용된 부분까지 읽는 데엔 불과 1초도 걸리지 않았다.

"……용은 공허에서 태어난 존재. 마력과 반마력이 상호작용을 일으켜, 의지가 생성되어 만들어진 괴물. 그 본체는 사실 영혼 그 자체에 있었으니."

강서준은 그제야 용이 어찌 불사에 이르렀는지 알았다. 사실 녀석에게 신체란 큰 의미가 있는 게 아니었다.

'용의 무기가 통한 것도 결국 용의 영혼에 직접적인 타격을 입히기 때문인 거야.'

용의 신체가 아무리 허물이라 해도, 그만한 영혼을 오랫동안 보관한 그릇이었다.

알게 모르게 그 기운이 깃들었고, 그 무기는 결국 녀석들의 영혼을 찌르는 유일한 무기가 된다.

강서준은 호흡을 가다듬으며 결론을 내릴 수 있었다.

"그러니까 영혼이 연결되지만 않으면 용은 아니란 거잖아."

아마 허우대만 멀쩡한 반쪽짜리가 될 터였다.

즉 지금도 완전한 불사는 아니고, 불사에 가까운 회복력만을 가졌다는 게 된다.

그렇다면 지금 이 순간에만 할 수 있는 '공략법'은 존재한다.

[장비 '도깨비 왕의 감투'의 전용 스킬, '이매망량'을 발동합니다.]

강서준은 감투 속에 보관한 모든 영혼을 갑주로 돌렸다. 그리고 바로 그리샤와 켈이 각축전을 벌이는 현장으로 달려들었다.

가까이 다가서는 것만으로도 도깨비 갑주가 부서지고, 온몸에 상처가 생성됐으며, 그의 몸도 금세 허물어질 듯 통증이 느껴졌다.

하지만 그는 결코 멈추지 않았다.

"일단⋯⋯."

[스킬, '태산 가르기(S+)'를 발동합니다.]

그리샤가 힘겹게 켈을 밀어낸 틈을 노리고 바로 공격을 가했다.

갑작스레 다가온 '그랑의 어금니 단검'은 두 사람 사이에 빈 공간을 만들어 내기엔 충분했다.

"이, 이 무슨⋯⋯!"

그로 인해 튕겨 나온 켈은 거의 넝마가 된 꼴로 비명을 질렀다. 어째서 일을 방해했냐는 원망 어린 시선이 그에게 따라왔다.

강서준은 혀를 차면서 말했다.

"네가 그러니까 이전 세계에서 늘 실패해 온 거야."

"네?"

"자신을 희생해서 무언가를 지켜?"

영웅적인 마인드는 인정한다.

희생은 숭고하고, 누군가를 위해 죽는다는 건 어지간한 이타심이 없으면 불가능한 일이다.

하지만 강서준은 이를 혐오한다.

"자신을 잃어서는 결국 아무것도 얻을 수 없어."

강서준의 두 눈은 금빛에 푸른 불꽃이 일렁이고 있었다. 류안에 이은 영안. 그의 시선은 정확하게 그리샤에게 닿아 있었다.

한데 그의 손에 쥐어진 건 '그랑의 어금니 단검'도, '재앙의 유성검'도 아니었다.

손가락 한 마디에 불과한 바늘.

강서준은 확고한 목소리로 말했다.

"드림 사이드의 공략법은 희생이 아니야."

강서준의 노림수를 눈치챘을까. 그리샤의 전신에서 새롭게 해일이 일렁였다.

이쪽으로 쏟아지는 무수한 물줄기는 켈에게 당했던 게 분한 만큼 엄청난 규모로 다가왔다.

하지만 강서준은 흔들림이 없었다.

강서준은 어깨를 으쓱이며 말했다.

"그리고 네가 여기서 소멸하면, 재앙의 탑 상층부로 누가 안내할 거야?"

켈처럼 고위 정보에 접근할 수 있는 전생인을 또 어디서 찾는단 말인가.

강서준이 켈을 놓치지 말아야 할 이유는 차고 넘쳤다.

그는 호흡을 가다듬고 정면에 집중하기로 했다.

빠르게 머리가 돌아가기 시작했다.

'바다를 갈라야 해. 그러려면 무엇이 필요할까.'

마력이 진동하고 '맹수의 울음'이 완성됐다. 그 진동은 전신으로 확장되어 '광속'이 되었다.

그리고 밀려오는 해일을 보며 강서준은 새삼스러운 사실을 깨닫고 있었다.

애초에 그는 바다를 가를 수 있다.

'간단하다. 바다의 흐름을 이해하면 돼.'

류안은 흐름을 볼 수 있고, 이쪽으로 밀려오는 해일의 흐름도 명확하게 알 수 있다.

그러니 아무리 강한 해일이 밀려오더라도 두려울 건 하나도 없는 것이다.

[스킬, '태산 가르기(S+)'를 발동합니다.]

[!]

[스킬, '해(海)'의 첫 번째 묘리 '파도타기'를 이해했습니다.]

강서준의 손에서 던져진 비늘이 태산을 가를 것처럼 날아가, 이내 파도를 타고 나아가기 시작했다.

터무니없지만 바늘은 물살 위에서도 전혀 그 속도를 줄이지 않고, 이리저리 움직이며 그 흐름을 이어 나갔다.

"내 공략법은 이거야."

영혼을 수선하는 도구인 '도깨비 왕의 수선 도구'가 순식간에 그리샤와 용의 영혼 사이에 개입하고 있었다.

모든 상황을 지켜보던 샛별은 감탄을 금치 않을 수 없었다.

'버그'를 활용한 '용'의 제거 방법도 독특했지만, 뒤늦게 시작한 강서준의 풀이법은 더 대단했다.

"그래. 소환이 완료되지 않은 개체라면…… 될 법한 공략이야."

용이 완성되려면 필연적으로 토대가 되는 몸과 영혼의 융합이 필요했다.

그리고 도깨비 왕은 영혼을 다스리는 존재였다.

이론적으론 충분히 가능했다.

샛별은 터져 나오는 실소를 참지 못했다.

"이 맛에 관리자질 한다니까? 일이 이렇게 될 줄 누가 알았겠냐고! 안 그러냐? 어?"

한껏 웃어 대던 샛별은 자신이 너무 몰두하고 있었다는 걸 깨달았다.

언제부터인지 주변이 조용했고, 옆을 돌아보니 웬 마네킹 하나만 덩그러니 놓여 있던 것이다.

"……어라."

황당한 얼굴을 한 샛별은 징글징글하게도 전장에 난입하는 리루르크를 볼 수 있었다.

❈

강서준은 순식간에 밀려온 압박에 저도 모르게 집중을 흐트러트릴 뻔했다.

[관리자 '리루르크'가 스킬, '마력 간섭(S)'을 발동합니다.]

용의 영혼과 그리샤 사이를 바쁘게 오가던 바늘이, 잠시지만 기존의 흐름을 잃고 부르르 떨고 있었다.

'뭐야?'

그렇게 순식간에 만들어진 틈으로 영혼의 일부가 재빠르게 지나가는 걸 볼 수 있었다.

'미친……?'

터무니없는 상황에서 욕지거리가 나왔지만, 강서준은 일단 속으로 삼키기로 했다.

아직 그리샤에게 닿으려 하는 용의 영혼은 거대했고, 이를 먼저 제거하는 게 우선이었다.

이미 닿아 정착한 영혼까지 그가 어찌할 수는 없었다.

'집중하자, 집중……'

호흡을 가다듬고 더더욱 마력을 첨예하게 내세웠다. 여전히 리루르크의 '마력 간섭'이 귀찮게 따라왔지만 이번엔 쉽게 쳐낼 수 있었다.

이미 한 번 당해 본 공격을 또 당할 정도로 그는 어리숙하지 못했다.

[스킬, '집중(S)'을 발동합니다.]

오히려 바늘의 움직임에 집중하니, 일은 더 수월하게 처리할 수 있었다.

용의 영혼이 솟구치던 마법진도 조금씩 빛을 잃어 가기 시작한 건 그즈음부터였다.

결국 영원한 건 없었고, 기회를 놓친 용의 영혼이 원래 있던 곳으로 돌아가는 것이다.

"후우……"

긴 한숨을 토해 낸 강서준은 빛이 완전히 소멸한 마법진을 확인하고, 문득 자신을 바라보는 한 시선을 의식할 수 있었다.

"……샛별."

어느 순간부터, 리루르크의 개입이 없어졌다 싶더니만.

결국 샛별이 나서 리루르크를 직접 막은 모양이었다.

온몸이 포박당한 채로 바닥에 널브러진 리루르크는 사나운 눈초리로 이쪽을 노려보고 있었다.

"이대로 끝인 줄 알아? 넌 내가 반드시 죽일 거야. 감히 날, 날…… 이리 물먹여?!"

분해서 시끄럽게 떠들어 대는 리루르크였지만, 온몸이 포박된 꼴로 더는 할 수 있는 일이 없었다.

다만 그 저주가 현실에 영향이라도 줬는지, 그리샤의 몸에서 걷잡을 수 없는 빛이 터져 나오기 시작했다.

츠츠츠츳!

잠시나마 푸른 물결 같던 머리를 한 그리샤의 형태가 완연한 푸른 빛깔의 알로 변해 있었다.

〈수룡의 알(S)〉

-부화까지 1분.

결국 리루르크의 마력 간섭으로 인해 놓쳐 버렸던 영혼의 한 조각이 변수를 만들어 낸 모양이었다.

'앞으로 1분……!'

그때 켈이 빠르게 앞으로 내달리더니 순식간에 알을 품에 안았다.

그는 착잡한 심정을 고스란히 드러낸 얼굴로 이쪽을 바라보며 말했다.

"결국 이리되는군요."

켈의 몸은 깨진 도자기처럼 수십 개의 균열이 있었다. 시스템이 그를 제거하기도 전에, 몸이 정령왕을 버티질 못하여 생겨난 여파였다.

당장 죽어도 할 말이 없는 상태다.

"전 괜찮아요. 이미 수차례 죽은 몸…… 또 한 번 더 죽을 뿐입니다. 두렵지 않아요."

켈은 간신히 버티고 있었다.

어떻게든 신체가 붕괴되기 전에, 버그로 인해 시스템에게 삭제되기 위해서.

용과 함께 동귀어진을 할 목적으로…… 죽을힘을 다해 버티고 있는 것이다.

강서준은 차분하게 말했다.

"이성적으로 생각해. 여기서 삭제되면 단순히 죽는 게 아니야. 완전한 소멸. 넌 전생조차 할 수 없어."

"……압니다."

"네가 여기서 희생한들 너에게 고마워하지도 않을 거라고."

"그것도 압니다."

켈은 의연한 얼굴이었다. 아니, 오히려 해탈한 표정으로 입가에 일그러진 미소를 그렸다.

"전생을 반복하는 건 쉽지 않아요. 어쩌면…… 해선 안 되는 짓이었죠."

켈의 초점이 흐려졌다. 그는 강서준을 똑바로 바라보질 못했다. 신체가 붕괴되면서 급속도로 시력을 잃어버린 것이다.

"반복된 전생은 결국 자기 자신을 잃게 만들더군요."

반복된 전생의 부작용.

지워지고 쌓고, 지워지고 쌓길 반복하는 존재는 늘 같은 존재라 볼 수 없다.

그저 한 사람의 기억임에도, 과거와 현재의 차이가 어찌나 큰지 인격마저 나뉘어 버렸겠는가.

결국 전생인은 죽고 나면 그 이전 생에 쌓아 온 역사가 지워진다. 사실상 전생이라 부르는 부활은, 고작 수차례 반복된 죽음에 불과할지도 모른다.

이건 전생도 뭣도 아니다.

'기억을 봉인당하고 과거를 떠올릴 수 없다면…… 이미 그 자체로 죽었다고 봐야 할지도.'

켈은 서글프게 입을 열었다.

"이대로 전생하면 다시 과거를 잃고, 자아를 잃겠죠. 전…… 그게 너무 무서워요. 누군가의 꼭두각시가 될 겁니다."

어쩌면 시스템이 전생인의 기억을 봉인하는 이유는, 단순히 밸런스 조절만이 목적은 아닐 것이다.

사실 기억을 봉인하는 것 말고도 밸런스를 제어하는 건 다른 식으로 충분히 가능할 테니까.

매번 '섭종 보상'처럼 능력을 봉할 수도 있고, 다른 플레이어에게 혜택을 주는 방향도 있다.

그럼에도 시스템은 늘 기억을 봉인해 왔다.

'과거를 잊어야 자아가 없다. 그래야 충실한 시스템의 종…… NPC가 만들어져.'

생각해 보면, 전생인은 대개 컴퍼니에 소속됐다. 그들은 게임의 전개에 큰 영향을 주곤 했다.

저마다 목적은 있었지만, 그 결과가 플레이어를 괴롭히거나 큰 시련을 주는 것들이다.

정말 이 모든 게 우연일까?

켈의 말마따나 컴퍼니의 목적이 단순히 '재앙의 탑'의 상층부에 오르는 것이라면.

굳이 게임 초반부터 난이도를 올리지 않아도 된다.

도와주면 도와줬지, 그런 악랄한 행동을 일삼을 필요는 없는 것이다.

그러니까 전생인은 어느 정도 그들만의 의지로 움직이는 게 아닐지도 모른다.

'결국 전생인도 시스템에 소속되어 있으니까.'

강서준은 눈살을 찌푸리며 죽음까지 초읽기에 들어선 켈

을 마주했다.

하늘에선 벌써 그를 존재 자체부터 지워 버릴 '백스페이스'
와 같은 조짐이 나타나고 있었다.

강서준은 한숨을 내뱉었다.

"그래서 이렇게 죽겠다고?"

켈의 목적은 단순하다.

이번 기회에 용과 함께 묶여 장렬하게 소멸하는 것.

다시는 전생을 하지 않는 것.

다시는 자아를 잃지 않는 것.

죽음보단 소멸을…… 영원한 안식을 원하고 있었다.

쩌저적!

켈의 품에 안긴 수룡의 알에 점차 균열이 생겨났다. 하지
만 알은 부화하기도 전에 백스페이스로 인해 지워지고 말 것
이다.

강서준은 입술을 잘근 깨물었다.

"웃기고 있네."

"……네?"

"말했잖아. 네가 죽든 살든 다신 전생할 일은 없다고. 아
니, 할 필요가 없어."

확고한 한마디에 동그랗게 눈을 뜬 켈에게 강서준은 마저
말을 잇기로 했다.

"어차피 드림 사이드는 이번이 마지막이 될 테니까."

전생을 왜 반복했을까.

드림 사이드가 114번이나 공략에 실패했기 때문이다.

즉, 이번에 성공한다면 전생인들은 다시 전생할 이유도 없어진다.

반복되는 전생을 빠져나오는 방법은 애초에 '죽음'이나 '소멸' 같은 게 아니다.

켈은 허망하게 웃었다.

"……그런가요."

용의 알이 깨지면서 그 안쪽에서 마력의 흐름이 느껴졌다. 기어코 부화한 수룡의 포효가 밖으로 터지고, 시시각각 소멸의 순간이 다가왔다.

또한 켈의 몸도 더는 회복할 수 없는 지경에 이르렀다. '소생의 포션'이라면 구할 수 있을까.

죽음은 목전에 다다랐고, 한 발짝만 내디디면 모든 게 끝나는 상황이었다.

켈은 단정 짓듯 말했다.

"설령 그렇다 하더라도 전 여기서 끝입니다. 케이, 부디 당신의 계획이 성공하길 바랍……."

"아니."

강서준은 켈의 말을 잘라먹으며 앞으로 나섰다. 그의 손엔 어느덧 바늘이 쥐어져 있었다.

"누구 마음대로 끝이래?"

서슴없이 강서준은 켈에게 다가갔다. 하늘에선 '백스페이스'가 비처럼 쏟아지고 있었다.

오직 켈을 소멸시키기 위한 시스템의 극단적인 대처!

일촉즉발의 순간이었다.

"버그는 고치면 그만이야."

도깨비 왕의 수선 도구는 엉킨 실타래 같던 켈의 영혼을 차츰 풀어내기 시작했다.

그의 몸에 빙의됐던 정령왕의 영혼이 차츰 그로부터 떨어져 나가고 있었다.

"다, 당신…… 이게 무슨!"

[플레이어, '케이'에 의해 스킬 '정령화(L)'가 해제됩니다.]

본래라면 L급 스킬인 정령화는 쉽게 해제되질 않아야 정상이겠지만, 온전한 상태가 아니었다.

이미 망가질 대로 망가진 신체로는 강서준의 개입을 막을 여력조차 없었다.

또한 이전보다 압도적으로 성장한 강서준이기에, 할 수 있는 것들이 있었다.

"원인을 지우면 결과도 없는 거야."

이어서 강서준의 검이 빠르게 켈의 심장을 찔러 넣었다.

그의 몸에 기생하던 던전꽃은 도깨비불을 휘감은 강서준

의 일격을 버텨 낼 재간이 없었다.

곧, 화르륵 타올라 버그의 원흉이던 '포자 바이러스와 융합된 던전꽃'은 소멸되고 말았다.

강서준은 하늘을 올려다봤다.

츠츠츠츳…….

떨어지던 백스페이스가 마치 처음부터 없었던 것처럼 지워지고 있었다.

'버그'가 없으니 당연한 결과였다.

"……크윽!"

물론 심장이 찔린 켈은 울컥 피를 토해 내며 힘없이 쓰러지고 말았다.

용을 제외하고, 누구든 심장이 꿰뚫리고 살아날 수는 없다.

강서준이나 최하나도, 트롤의 심장이 완전히 파괴되면 초재생조차 발현되지 않는다.

'상관없어. 안 그래도 켈은 죽을 거야.'

무리한 정령화와 버그를 일으킬 정도로 던전꽃이 기생한 몸이다.

그나마 그 정도 되는 레벨이라, 이전의 하르트처럼 마냥 폭주하진 않았던 거지…… 이미 그는 죽음을 앞두고 있었다.

강서준은 바닥에 널브러져 늘어나는 피 웅덩이만큼이나 괴로운 비명을 흘리는 켈을 볼 수 있었다.

"요, 용이······."

한편 켈이 놓친 알이 피 웅덩이 속에서 쩌저적, 갈라지고 있었다. 안쪽에서 용이 머리를 바짝 내미는 것도 보였다.

'이제 문제는 이놈이다.'

S급 몬스터······ 수룡.

녀석은 태평양의 푸른 물결처럼 아름다운 비늘을 뽐내며 소름 끼치는 포효를 토해 냈다.

영혼의 일부만이 닿았기 때문인지, 몸집은 들개 정도로 작았지만 거기서 솟구친 거대한 마력은 어깨를 짓눌렀다.

끼아아아앗!

옆에서 바닥에 널브러져 있던 리루르크도 환호성을 내지르며 상황을 기뻐했다.

"크크크! 자만하더니 꼴좋다!"

강서준은 재앙의 유성검과 그랑의 어금니 단검을 양쪽에 쥐며 호흡을 가다듬었다.

어린아이처럼 작은 용이라도 레벨만 400을 넘기는 괴물 같은 몬스터였다.

아무렴 용의 영혼이 일부만 닿았다고 해도, 신체는 완전한 용의 특성을 보인 것이다.

'하지만 완전한 상태가 아니야.'

말했듯 놈의 영혼은 일부만 전이됐다.

강서준이 켈의 버그를 지우고, 멋대로 용의 부화를 놔둔

것은 그만한 이유가 있기 때문이다.

모름지기 영혼, 그러니까 '기억 전이'가 덜 된 개체라면, 그 기억의 양은 거의 '신생아'라 봐야 할 것이다.

실제로 알에서 태어난 녀석은 시끄럽게 울어 댈 뿐, 다른 행동으로 넘어가질 못하고 있었다.

'자고로 용은 마법의 종주라 불릴 정도로 지적 능력이 뛰어나 무서운 종족.'

신체 능력이 괴물 같아도 뇌 기능이 떨어진다면, 놈은 그저 힘센 괴물에 불과하다.

그렇다면 공략은 가능하다.

그에겐 용을 죽이는 무기가 있었으니까.

"후우…… 그래도 용은 용이다."

강서준은 그가 낼 수 있는 모든 전력을 끌어내기로 했다.

영역 선포도 사용하여 당장 사용할 수 있는 최선의 일격을 가할 생각이었다.

'아직 정신을 차리질 못한 지금이 기회야.'

옆에서 켈은 결국 숨이 끊어져 쓰러지고, 볼품사나운 자세로 이쪽을 노려보는 리루르크의 시선이 날카롭게 느껴졌다.

강서준은 집중력을 이어 나갔다.

태산 가르기의 '땅의 묘리'와 새로 찾아낸 '해의 묘리'를 섞는다면…… 당장 이끌어 낼 수 있는 가장 최적의 공격을 만들 수도 있을 것이다.

그렇게 강서준이 용에게 다가갈 즈음이었다.

－파…… 파?

잔뜩 포효하던 수룡의 눈동자로 빛이 돌아오고, 녀석은 좀
더 수려한 말투로 입을 열었다.

－……파파!

수룡의 시선이 닿는 곳엔 고룡이가 고개를 갸웃하고 있었
다.

파랑이

상황은 정말 아무도 예상하지 못한 방향으로 흘러가고 있었다.

"이럴 수는 없어. 아니, 이럴 수는 없는 거라고……!"

샛별에게 포획당한 리루르크가 시끄러운 알람 시계처럼 빽빽 소리를 질러 댔지만, 이미 벌어진 일을 무효로 만들 수는 없었다.

결국 샛별이 무언가를 조작하더니, 리루르크의 입에 재갈이 만들어졌다. 더는 소리조차 지를 수 없게 되어 버린 것이다.

샛별은 헛헛하게 웃었다.

"이 또한 운명이겠지."

그 시선의 한쪽엔 새근새근 잠든 한 마리의 용이 있었다.

푸른 수룡은 마치 인형 같은 생김새로 간간이 잠꼬대를 할 뿐이었다.

―흐음…… 파파.

누가 저걸 보고 400레벨을 넘나드는 S급 몬스터라고 생각하겠는가.

한편 그 품에 안긴 건 불안한 얼굴로 소리 없는 비명을 지르는 '고롱이'였다.

['고롱이'가 당황하며 몸을 부르르 떱니다.]

['고롱이'가 '이거 뭐야, 무서워, 살려 줘!'라며 구조 신호를 보내옵니다.]

정말 아무도 예상하지 못한 일이다.

관리자조차 짐작하지 못했다.

'설마 수룡이 고롱이를 보고 부모라고 여길 줄이야.'

하긴 생각해 보면 이상한 건 아니다.

여기에 진짜 용은 '고롱이'뿐이니까.

갓 태어난 아기 새가 가까이에 있는 새를 보고 어미라 여기듯, 수룡도 고롱이를 보고 어미라 여기는 건 동물학적으로 당연한 수순이었다.

그저 지적 생명체인 '수룡'에게도 통용될 줄 몰랐고, '흑룡'

으로 변한 그래고리인 고롱이도 이에 해당할 줄 상상도 못했을 뿐이다.

'이 또한 전이된 영혼이 적기 때문이겠지. 아무래도 이 녀석은 아예 다른 생명이라 봐야 할 거야.'

영혼은 곧 기억이다.

그 일부만 전해졌다면, 그 영혼은 이전과 같다고 볼 수 없는 것이다.

기억이 봉인된 전생인처럼…….

과거가 단절된 존재는 당연히 다른 자아가 생성되기 마련이었다.

'아니, 전생인보다 더해.'

전생인이 기억이 봉인된 형태라면, 이 녀석은 영혼 자체가 완전히 분리된 경우였다.

누군가가 억지로 소환 의식을 재개하여 수룡의 기억을 덧붙이지 않는 한, 이 녀석이 본래 모습으로 돌아갈 일은 없었다.

그리고 영혼을 잇는 일은 도깨비의 왕인 강서준이 아니고서야 불가능한 일이었다.

강서준은 쓰게 웃으며 답했다.

"……운이 좋았을 뿐이죠."

"운도 실력이야. 때로는 작은 운 하나가 생사를 가르니까."

해서 강서준은 일단 수룡을 처치하겠다는 생각을 지웠다.

여러 가지 이유가 있겠지만, 역시 S급 몬스터를 상대로 싸우기는 버거운 일이다.

'게다가 길들일 여지가 있어.'

녀석은 '신생용'이며, 고룡이를 '부모'로 여기고 있었다.

한번 시도해 볼 만한 일이었다.

샛별은 다시 용을 살피더니 말했다.

"다만 후폭풍은 거셀 거야. 비록 우리 쪽이 개입해서 벌어진 일이지만…… 용이 소환된 일은 가벼운 게 아니니까."

"그럼 이제 어떻게 되는 거죠?"

"이 세계의 구조 자체가 바뀌겠지. 아무래도 몬스터의 수준부터 달라질 거야."

샛별은 말을 이어 나갔다.

"단순히 용 하나가 소환된 걸로 끝나는 게 아니란 거야. 이 세계는 곧 그 구조 자체가 S급의 용이 나타나도 이상하지 않게 될걸? 밸런스는 맞춰져야 하니까."

엄연히 운영 중인 게임에서 감당 못 할 몬스터가 등장해 버린 사건이었다.

근데 그 몬스터는 관리자를 통해 정상적인 방법으로 탄생했으니, 뭘 더 제약을 걸 수도 없는 것이다.

'용을 너프시킬 수 없으니, 아예 나머지를 버프시키겠다는 건가.'

샛별이 가능한 한 용의 소환을 저지하고자 한 이유였고, 대단히 극단적인 결말이었다.

"뭐, 생각해 보면 나쁜 일만은 아닐 거야. 난이도가 올라가는 만큼 이전보다 게임의 진척은 빨라지잖아."

문제는 그 과정에서 고생하고 희생할 건, 바로 플레이어들이란 것이다.

강서준은 미간을 찌푸렸다.

"무책임한 소리를 뻔뻔하게도 하시네요."

"일이 이리된 걸 뭐 어쩌겠어. 후우…… 그래서 방금 나름의 이벤트도 생각해 뒀다고."

"이벤트요?"

샛별의 너스레에 고개를 갸웃하자, 그는 별 대수롭지 않다는 듯 강서준에게 설명을 해 왔다.

"모름지기 용이 소환되면서 세계의 수준이 올라가잖아?"

"네. 그렇다면서요."

"그러니 당신들도 수준을 올려야 하질 않겠냐고."

강서준이 무어라 더 말하기도 전에 샛별은 어깨를 으쓱이며 나지막이 말했다.

"자세한 건 이벤트 때 알려 줄게. 미리 알면 재미없잖아."

상당히 얄미운 얼굴이었다.

'……이거 불안한데.'

하나 별수 없었다.

작정하고 입을 다문 샛별에게 뭘 더 들을 수는 없었고, 당장 어찌할 수 없는 일에 신경을 써 봐야 쓸데없이 피곤할 뿐이었다.

강서준은 짧게 혀를 찼다.

'할 수 있는 걸 하자.'

그리고 강서준이 선 곳은 싸늘한 주검이 된 켈의 시체 앞이었다.

그곳엔 이미 속세에 미련도 없이 둥둥 떠다니는 영혼이 볼품사납게 서 있을 뿐이다.

죽자마자 어딘가로 이송될 것만 같기에, 일부러 도깨비 왕의 수선 도구를 엮어 묶어 두고 있었다.

강서준이 말했다.

"아까 말했지만 난 정말 이 세계를 공략할 거야."

"……"

"전생은 앞으로 없어. 단언해."

강서준은 말없이 켈의 영혼을 바라봤다. 영혼이 본능적으로 강서준을 보고 움츠러들고 있었다.

그리고 씨익 웃으며 말했다.

"한 가지 제안이 있어."

"……?"

"이 방법이면 널 살릴 수도 있을 거야. 뭐, 몇 가지 제약이 있긴 한데, 죽는 것보단 낫잖아?"

강서준은 잠시 호흡을 가다듬더니 나지막이 말했다.

"내 백귀가 되는 건 어때?"

켈의 영혼이 부르르 떨었다.

❦

시간은 흘러, 약 일주일이 지났을 즈음.

유니온에 의해 프랑스의 사태가 어느 정도 진정되고, 이참에 몬스터들에게 함락당했던 땅까지 일부 되찾을 수 있었다.

그리고 강서준은 차원 서고에서 잠시 휴식을 취하며 여러 정보를 수집하고 있었다.

〈용이란 무엇인가?〉

〈용의 습성〉

〈해양 몬스터 도감〉

〈수룡을 처치하는 방법 1〉

......

아무래도 그에게 주어진 당면 과제는 사실 수룡의 처우였다.

리루르크의 개입으로 인하여 완성되어 버린 한 마리의 골칫덩이.

이놈을 죽이지도, 그렇다고 제대로 길들이지도 못하는 상황에 이른 것이다.

'쉽게 길들여지지 않을 줄은 알았지만…… 흐음.'

몇 번 시도는 해 봤지만, 역시 수룡을 완벽하게 길들일 수 없었다.

워낙 그 종족값이 높기 때문일까?

고롱이처럼 '펫'으로 만들려 해도, 무슨 일인지 계약은 영 통하질 않았고, 백귀로 만들려고 해도 도통 말을 들어 먹질 않았다.

'어쩌면 당연한 일이겠지. 백귀가 되려면 녀석의 영혼이 나한테 완전히 굴복해야 하니까.'

용은 지상 최대의 종족.

그리고 자존심이 그토록 강한 용의 영혼이기에, 제아무리 강서준이라 해도 쉽게 굽히진 않을 것이다.

용은 자고로 제 목숨보다 자존심이 귀한 종족이었으니까.

아직 뭣도 모르는 신생용이라고 해도, 영혼에 박힌 그 특징까지 송두리째 바뀌진 않았겠지.

"뭐, 당장은 괜찮겠지만……."

강서준은 고롱이의 뒤를 졸졸 따라다니며 빽빽 울어 대는 수룡을 바라봤다.

계약이나 스킬로 제약을 걸 수는 없었지만, 다행히 녀석은 강서준을 윗사람 보듯 무서워하고 있었다.

-파파…… 왕!

심지어 백귀들이 그를 칭하는 단어인 '왕'을 섞어, 그를 '파파왕'이라 부르기도 했다.

환경이 사람, 아니 용을 만들었다고 할까.

강서준은 짧게 한숨을 뱉었다.

"차차 신뢰를 쌓으면 되겠지."

해서 며칠을 꼬박 용에 관한 서적만 냅다 파고든 그였다.

적을 완전히 이해해야 공략법도 나오는 법.

특히 수룡을 죽이는 게 아니라, 키우기 위한 자료 조사는 처음이었기에 여러모로 유의미한 시간이었다고 자부한다.

그중 재밌는 사실을 하나 발견했는데, 용은 음식을 먹질 않아도 된다는 것이었다.

'하도 몬스터를 잡아먹기에 대식가인 줄 알고 긴장했는데…….'

만약 식성이 그대로였으면 식량을 어찌 조달할지 난감하기 그지없는 일이었는데.

놈들은 그저 먹는 것에 취미가 있을 뿐이었다.

굳이 섭취를 하질 않아도 목숨에 지장은 없었다.

하기야 애초에 불사의 존재가 먹을거리를 고민한다는 것부터 이상한 일이었다.

"일단 식비가 굳어서 좋은데."

이 또한 모를 일이다.

당장 수룡의 부모 역할을 하는 게 '고룡이'였고, 그의 가장 주된 업무가 '먹는 것'이니까.

자식은 부모를 따르기 마련이다.

"……조심해야겠네."

그가 번 돈을 식비로 모조리 날릴 게 아니라면, 초기 교육이 더욱 절실하단 생각이 들었다.

한편 강서준은 옆에서 느껴지는 인기척에 고개를 돌렸다.

"이름부터 정해 주는 게 어때요?"

전보다 한층 편안하고 익살스러운 얼굴을 한 남자.

이참에 강서준의 제안을 수락한 켈이 푸른 빛깔을 띠는 몸으로 입을 열고 있었다.

"이름?"

"매번 수룡이라 부를 순 없잖아요."

강서준은 고개를 주억거리며 수룡을 바라봤다.

확실히 켈의 말마따나 이름을 붙여 주질 않아서 그런지, 쉽게 정이 생기진 않았던 것 같다.

'하기야 정을 어떻게 붙여.'

수룡이 겉보기엔 귀엽고 아담하지만, 아직 그 내부엔 흉포한 기질이 고스란히 남았다.

영안이나 류안으로 그 안까지 속속 확인할 수 있는 강서준은, 수룡의 본질을 보고 있었다.

그에 따른 공포도 여전히 있었다.

"이름이라······."

하지만 길들이는 입장에서 정을 주질 않는다면, 녀석도 강서준을 주인으로 인정하지 않을 것이다.

강서준은 한번 진지하게 고민하기로 했다.

사소한 것부터 바로잡아 가야 성공 확률은 더 높아질 것이다.

'이름······ 이름이라.'

그렇게 한참 고민에 빠질 때.

[안녕하십니까. 오늘도 불철주야 열심히 플레이 중인 0115 채널의 인간 여러분. 전 0115 채널의 관리자 '샛별'이라고 합니다.]

전에 없던 예의가 가득한 문장이 그의 앞에 드리웠다.

그 터무니없는 상황에 차원 서고의 지하에서 한창 수련 중이던 최하나가 빠르게 올라왔다.

"강서준 씨!"

다급한 그녀의 얼굴 앞으로 새로운 메시지가 드리우고 있었다.

[여전히 고생 중인 당신들을 위하여. 특별한 이벤트를 공지하고자 합니다.]

메시지를 띄우며 얄궂은 미소를 지을 샛별의 얼굴이 떠올랐다.

이벤트가 진행될 거라는 건 들어서 알았지만, 이런 식으로 대뜸 공지 사항을 날릴 줄은 몰랐다.

[참고로 이번 이벤트는 '필수'가 아니고 '선택'이며, 강제성은 없습니다.]

묘하게 '강제'라는 단어가 세게 들리는 건 그만의 착각일까.

[물론 이벤트에 참여하지 않을 때 생기는 손해는 각자 감당해야 합니다.]

샛별의 메시지는 다음이 끝이었다.

[2021년 1월 1일, 해 뜨는 시각. 동쪽 해변으로 모이십시오. '세계의 명운'이 걸린 이벤트가 시작될 예정입니다.]

그렇게 요란스러운 로그 기록만 남겨 둔 채로 샛별의 공식 발표는 빠르게 종료됐다.

강서준과 최하나는 서로의 얼굴을 마주 보며 쓰게 웃었다.

적당히 긴 메시지가 도착했지만 정작 이벤트에 대한 정보는 단 하나도 적혀 있질 않았던 것이다.

"샛별답다면 샛별다운 건데……."

이건 좀 심하지 않은가.

심지어 이런 이벤트는 드림 사이드 1에서도 벌어진 적이 없었다.

강서준은 로그 기록을 일별했다.

"……뭐가 됐든 우리가 할 건 바뀌지 않겠어요."

강해지는 것.

만약 수룡을 길들이지 못하더라도, 그에 잡아먹히지 않을 정도의 힘을 길러 내는 것.

또한 이벤트의 내용이 무엇이든 쉽게 돌파할 수 있을 정도로 수준을 올릴 것.

어쩌면 드림 사이드 오픈 이후로 플레이어가 해야 할 일은 늘 같았는지도 모르겠다.

'렙업이 답이다.'

문득 옆에서 차원 서고의 한쪽을 아장아장 뛰어다니던 수룡이 보였다.

새삼스럽게 녀석의 이름을 고민하고 있을 때가 아니었다.

강서준은 잠시 그 비단처럼 고운 털을 보다, 바로 결정할 수 있었다.

아주 푸른 바다 빛깔을 띤 털.

"파랑이."

"네?"

"쟤 이름은 파랑이가 좋겠어."

몬스터 파크

「안녕하십니까. 굿모닝 아침의 소이현입니다. 오늘의 몬스터 정보입니다! 잿더미 위로 설립된 신(新) 강남에 C급 몬스터인 '시체꾼'이 등장했다고 알려졌는데요, 이는 인근의 B급 던전인 국립중앙박물관에서 파생된 몬스터로, 언데드 계열로 알려져⋯⋯.」

강원도 강릉, 정동진의 한쪽에 설치된 거대한 스크린 TV.

이른 새벽임에도 잠들지 못한 사람들이 옹기종기 모여 새벽 6시를 알리는 방송을 보고 있었다.

「⋯⋯프랑스의 유니온 지부인 '아틀리에'는 새해를 맞이하여, 파리의 몬스터 웨이브를 막는 데 크게 일조한 플레이어 '케이'와 '링링'에게 감사의 뜻을 전해 왔습니다. 또한 '아틀리에'는 '아크'가 위험할 시 반드시 협조를 하겠다는 의사도 밝혀⋯⋯.」

때는 드림 사이드 2가 오픈한 지 1년이 지나고, 다시 새로운 해를 맞이하는 시점.

2021년, 1월 1일.

사람들은 한껏 들뜬 얼굴로 스크린을 올려다봤다. 한 해를 돌아보는 각종 뉴스는 끝 무렵에 다다랐다.

「현재 시각 06시 41분이 지나가고 있습니다. 금일 일출 시각은 07시 40분으로 약 59분가량 남아 있습니다만, 현재 정동진에 특파원이 나갔다는데요. 김기주 특파원?」

스크린엔 정동진의 해변가에 옹기종기 모인 플레이어의 모습이 드러났다.

그날 이후로 실로 흔치 않던 이원 생중계.

김기주 특파원은 능숙하게 말을 이어 나가며 플레이어들을 인터뷰했고, 아크의 3대 길드장들도 앞서 각오를 밝히기도 했다.

"우리 아리수 길드는 전심전력을 다해 임할 것이오."

"우리도 밀리지 않아. 결코 뚫리지 않는 견고한 방패는 곧 든든한 무기니까."

"흠흠…… 이번에 마법을 새로 개발했는데, 링링 님이 보시면 어떨지 모르겠습니다. 원리가."

한편 수많은 인파를 뒤로하고, 지상수는 인근에 정차 중인 도깨비 특급 열차로 들어서고 있었다.

이후로 그가 다다른 곳은 깨비성에서도 가장 상층부에 해당하는 위치.

일주일 전부터 강서준이 머무르는 장소였다.

"형! 시간이 몇 시인데 아직까지……!"

쿠우우우웅!

거칠게 문을 열어젖히고 들어간 그는, 곧 다가오는 엄청난 풍압에 저도 모르게 뒤로 나자빠지고 말았다.

물론 템빨로 가득 장비해 둔 그에게 충격은 없었고, 심지어 공격을 가한 당사자에게 반사적으로 튕겨 나간 반격을 애써 취소해야만 했다.

지상수는 미간을 찌푸리며 외쳤다.

"대체 시간이 몇 시인데 아직까지 이러고 있냐고요!"

지상수의 시선이 닿는 곳엔 여전히 전투를 잇고 있는 두 사람이 있었다.

양어깨에 불타오르는 참새와 작은 물 요정을 두둥실 띄워 두고, 호흡을 가다듬는 진백호.

그 앞에서 매몰차게 폭풍을 일으키는 켈!

지상수는 한쪽에서 느긋한 얼굴로 전투를 관망 중인 강서준을 발견할 수 있었다.

그가 말했다.

"왔냐?"

쿠우우웅!

지상수는 한달음에 다가가 한숨을 내뱉으며 그에게 물었

다.

"아니, 왜 당일까지 저러고 있어요? 대체 저분들 몇 시에 일어난 거예요?"

"……안 잔 거 같던데."

"네?"

"요즘 자주 저래. 켈이야 백귀가 돼서 잘 필요가 없어졌고, 진백호는 정신력 강화를 위해 일부러 밤을 새우고 있었으니까."

기본적으로 정령술은 마력과 더불어, 이를 조종하기 위한 집중력을 바탕으로 한다.

그중 마력을 완비한 진백호에게 필요한 건 오직 집중력을 강화하기 위한 훈련이었고, 이는 몰아칠수록 강해지는 특성이 있었다.

즉 정신적으로 극한의 상황까지 몰아 가면 집중력은 무식하지만 최적의 효율을 낸다는 것이다.

'허어…….'

지상수는 그 무식한 방식에 잠시 혀를 내둘렀지만, 막상 눈앞에 펼쳐지는 결과물을 보고 놀라지 않을 수 없었다.

'어떻게 한 달도 안 돼서 천외천에 비비는 거지. 그만큼 진백호의 재능이 대단한 건가.'

불기둥이 솟구치고 한쪽으로 물이 폭포처럼 쏟아졌다. 허공을 이리저리 오가는 켈을 노리고 무수한 정령 마법이 쫓아가고 있었다.

켈은 꽤 고전하는 눈치였다.

충분히 그럴 법한 상황이었다.

'화력이 어마어마하네.'

그나마 기술의 숙련도나 노련미가 대단한 켈이기에 여태 버티고 있는 것이다. 사실상 스펙은 압도적으로 진백호가 유리할 수밖에 없었다.

'무려 정령왕만 둘이니까.'

지상수는 새삼스러운 시선으로 진백호를 바라보며 씨익 웃었다.

그는 한 달 만에 천외천을 따라잡은, 또한 '불'과 '물'의 정령왕을 동시에 다루는 전무후무한 플레이어였다.

그를 보고 있노라면 다짐을 하지 않을 수가 없다.

'누구보다 먼저 빨대 꽂는다.'

내심 그런 생각을 떠올리던 지상수는 옆에서 느껴지는 강서준의 시선에 멋쩍게 웃었다.

그리고 일부러 화제를 돌리듯 켈에게 시선을 고정하며 말했다.

"……나도 형의 백귀가 되어 버릴까? 그러면 잠도 안 자고 열심히 일할 수 있을 텐데."

켈이 NPC였고, 컴퍼니였으며, 전생인이자, 이젠 강서준의 백귀가 된 사연이 많은 사람이란 건 잘 알고 있었다.

물론 지상수에게 그런 건 하등 중요하지 않았다.

오직 부러운 건, 백귀가 되면서 강서준에게서 한시도 떨어지지 않을 수 있다는 점.

더는 자질 않아도 된다는 것이다.

"잠만 안 자도 정말⋯⋯."

부쩍 하루가 24시간인 게 모자란 그였다. 잠자는 시간조차 아껴 돈을 벌고 싶은 마음이 가득했던 것이다.

하지만 강서준은 대번에 고개를 가로저으며 그의 생각을 부정했다.

"안 돼. 네가 날 믿겠냐?"

"믿는데요."

"거짓말 다 티 나거든."

지상수는 또렷한 강서준의 눈을 보며 멋쩍게 머리를 긁적였다. 역시 거짓말은 통하지 않는 사람이었다.

굳이 진실의 성물이 없더라도, 사기 치기 어려운 상대가 바로 케이였다.

지상수는 솔직하게 입을 열었다.

"사실 나 자신도 내가 못 믿는데, 형이라고 믿겠어요?"

"⋯⋯이건 또 진심이네."

"아무렴요. 거래에서 계약서가 필요한 이유가 뭐겠어요. 말 한마디로는 아무런 증명도 안 되는 거라고요."

지상수는 어깨를 으쓱이며 손목시계를 확인했다. 벌써 7

시 20분을 넘어가고 있었다.

"일출까지 20분 남았어요. 이제 슬슬 나가야죠."

지상수의 말에 강서준은 고개를 주억거리며 간단한 채비를 마쳤다.

그의 집합 명령이 떨어졌는지, 깨비성 곳곳에 흩어져 있던 여러 사람들이 모여들고 있었다.

'저들이 전부 서준이 형의 힘.'

새삼스럽지만 도깨비의 왕이 된 강서준이 부러워졌다.

하나하나가 마족과 비할 바가 없는 괴물 같은 실력자가 아닌가.

도깨비 특급열차의 주인인 '라이칸'부터, 호른 제국 출신의 '오가닉'과 '로켓'.

실제 서울을 침략했던 당사자였던 마족 '알리'나, 천외천 '켈'까지 모두 그의 백귀였다.

'공짜 인력.'

머릿속으로 신명 나게 계산기를 두드리던 지상수는 문득 두 명이 부족한 걸 알았다.

강서준도 이를 눈치챘는지 바로 불호령을 내렸다.

"고롱아! 파랑아!"

마력까지 담아 외치자 곧 흑룡 한 마리가 꼬리에 무언가를 말아 쥔 채로 나타났다.

"누가 파랑이한테 스마트폰 줬어?"

흑룡 '고룡이'의 꼬리에 감긴 파랑이는 눈이 빠져라 스마트폰을 쳐다보고 있었다.

푸른 물결이 파도처럼 일렁이는 머리카락, 신이 빚어 놓은 듯한 아름다운 이목구비!

요정처럼 귀여운 꼬마 숙녀가 폐인 같은 몰골로 스마트폰을 내려다보는 장면이었다.

지상수는 그 모습에 침을 삼켰다.

'이게 진짜 용이라고……'

한 달 전.

파리에서 벌어진 몬스터 웨이브, 그리고 그날 벌어진 터무니없는 사건인 용 소환.

그 당사자라 보기엔 너무나도 천진난만한 모습이었다.

강서준은 수룡 '파랑이'에게서 스마트폰을 빼앗으며 말했다.

"스마트폰은 하루에 1시간이라고 말했어, 안 했어."

"그, 그건……!"

"일주일간 압수야."

고작 스마트폰을 빼앗겼단 이유로 세상 다 잃은 표정을 짓는 파랑이었다.

지상수는 쓰게 웃었다.

아직 믿기지 않는 어리숙한 용의 모습이었지만, 어쩌면 당연한 일인 것이다.

저 수룡은 신체가 완벽해도 정신 연령은 고작 9살 내지 10살에 불과하다고 했으니까.

'영혼이 한 가닥만 닿았다던가.'

그럼에도 한 달 만에 10살 무렵의 지식을 갖췄다는 게, 그녀가 용이라는 걸 증명한 꼴이었다.

또한 파랑이의 힘은 어지간한 플레이어는 감당해 내지도 못할 수준이었다.

이미 몸은 용과 마찬가지였으니.

고롱이를 아빠라 착각해 줘서 천만다행이었다.

"아, 형. 그 소식 들었어요?"

"무슨 소식?"

"지난번에 도망쳤던 마족들이요. 이틀 전에 이탈리아에서 발견됐대요."

일전에 파리에서 눈치 빠르게 도망쳤던 세 마리의 마족들.

놈들을 한 달 동안 추적하여, 겨우 죽였다는 소식이었다.

"바퀴벌레보다 더한 놈들이네. 아직까지 살아 있었어?"

"그러니까요."

어쨌든 새해부터 기분 좋은 소식을 주고받으며, 그들은 어느덧 특급열차를 벗어나 정동진 해변가로 다다를 수 있었다.

대략 7시 37분이 되었을 즈음이다.

"강서준 씨."

해안가에서 기자를 앞에 두고 인터뷰를 하던 최하나는, 강서준을 발견하자마자 바로 옆으로 다가왔다.

당연히 시선은 이쪽으로 집중됐고, 사람들은 강서준을 알아보고 저마다 웅성거리기 시작했다.

김기주 특파원도 눈을 빛내며 다가와 마이크를 내밀었다.

"케이 님! 잠시 인터뷰 가능할까요?"

"……네?"

"참고로 생방송 중입니다!"

말하지 않아도 멀리 스크린에 강서준의 얼굴이 대문짝만하게 나와 있었다.

너튜브 생방송으로도 나가고 있었는지 실시간 댓글창도 폭주하고 있었다.

김기주 특파원은 들끓는 시청자들의 성원이 들리기라도 하는지, 한껏 상기된 얼굴로 질문을 이어 나갔다.

"금일 이벤트는 드림 사이드 1에서도 등장하지 않았다고 알려졌죠. 관리자 '샛별'로부터 시작되는 전대미문의 퀘스트라고 들었습니다!"

김기주 특파원은 호흡을 가다듬더니 시청자들이 가장 궁금해할 질문을 떠올릴 수 있었다.

"또한 이번 이벤트엔 지구의 명운이 걸려 있다고 들었습니다. 케이 님은, 과연 이번 이벤트를 앞두고 어떤 각오를 하고 계시는지 많은 시청자분들이 궁금해하고 있습니다!"

지상수는 김기주 특파원의 말에 강서준의 입술에 시선을

고정했다. 다른 사람들도 똑같이 그의 입이 열리길 기다렸다.

지구의 명운이 걸려 수많은 플레이어가 참여할 수밖에 없는 전대미문의 이벤트.

이를 앞두고 랭킹 1위는 뭐라 말할 것인가?

지상수는 이 단어를 기억해서 나중에 판매 문구로 써먹을 생각도 하고 있었다.

"글쎄요."

강서준은 잠시 고민하더니 말했다.

"렙업해야죠."

"……네?"

강서준의 말에 김기주 특파원이 당황한 얼굴로 무슨 말을 더 꺼내기 전이었다.

동쪽 수평선 너머로 해가 떠오르기 시작했다.

2021년 1월 1일을 장식하는 새해의 아침!

사람들은 세상이 멸망하기 전에 그랬던 것처럼, 저마다 스마트폰을 꺼내어 해를 촬영해 댔다.

다른 점은 대개의 플레이어들이 저마다 무기를 점검하며 호흡을 가다듬고 있다는 점.

강서준도 더는 김기주 특파원을 신경 쓰질 않았다. 오직 떠오르는 해를 바라보며 무언가를 기다리고 있었다.

곧 메시지가 나타났다.

[관리자 '샛별'에 의해, 이벤트가 발생했습니다.]

[플레이어들은 지정된 자리에서 대기하시길 바랍니다.]

해안가 위로 빛이 번지면서 무언가가 만들어지고 있었다.

가만히 주변을 둘러보던 강서준은 다른 플레이어들의 얼굴도 볼 수 있었다.

현존하는 수많은 플레이어들이 다양한 표정으로 시스템 메시지를 읽고 있었다.

비단 정동진에서만 벌어지는 일은 아닐 것이다.

태평양 건너 어딘가에도.

대서양 한쪽에도.

어느 무인도, 혹은 부산의 해운대에도.

해가 떠오르는 동쪽 해변.

새해가 보이는 어느 바다든 플레이어들은 같은 메시지를 읽고, 비슷한 생각을 하고 있을 것이다.

"올 게 왔구나."

['이벤트 – 몬스터 파크'를 시작합니다.]

[플레이어는 난이도를 선택해 주십시오.]

〈이지〉

〈노말〉

〈하드〉

〈헬〉

강서준은 기시감을 느끼며 메시지에 주목했다.

[이벤트 '몬스터 파크'는 플레이어의 수준에 따라 그 내용이 변화합니다.]

['퀘스트 – 자격 테스트'를 통과하십시오.]

[당신의 수준을 측정합니다.]

낙장불입(落張不入)이 될 난이도 선택창은 수많은 플레이어에게 다시 선택을 강요하고 있었다.

이지 난이도부터 헬 난이도까지.

강서준은 쓰게 웃었다.

'옛날 생각나네……'

불과 1년하고도 약 2개월의 시간이 지났을 뿐인데도, 아득히 먼 과거의 일 같았다.

아마 그간 너무나도 많은 일을 겪었기 때문이겠지.

오늘날이 있기까지 플레이어들은 죽음의 경계를 수없이 넘나들어야만 했다.

달이 떨어지고, 한 세계가 멸망했고, 마족의 침공을 받았으며, 다른 차원의 제국으로부터 침략도 당해 봤다.

인류의 수천 년 역사에서도 지금 같은 격동의 시기는 또 없을 것이다.

'그나저나 난이도 선택이라……'

강서준은 그 메시지에 담긴 명확한 뜻을 되새길 수 있었다.

어떤 고생을 할 것이고, 어떤 수준의 보상을 받고 싶은가.

여기서의 선택에 따라 플레이어에게 주어질 보상은 극단적으로 나뉘게 된다.

'데스 리스크 데스 리턴.'

죽을 만큼 어려운 난이도엔 죽을 만큼 좋은 보상이 따른다.

우스갯소리로 돌던 하나의 밈은 드림 사이드의 정체성이 되어 있었다.

[선택지를 골라 주십시오.]

[1분 이내에 선택하지 않을 시, 기권으로 간주하여 오늘의 도전 기회가 차감됩니다.]

[오늘의 도전 기회 : 1]

다행히 이번 이벤트는 기권을 선택해도 크게 위해가 가해지진 않는 듯했다.

그저 '오늘의 기회'를 날릴 뿐.

실패 시 '죽음'을 선물하던 다른 퀘스트보다는 훨씬 상황이
좋았다.

게다가.

[이벤트 '몬스터 파크'는 일주일간 진행됩니다.]

[난이도를 선택하면 도전 기회는 차감되며, 재충전까지 하루의 시간
이 소요됩니다.]

일주일간 일곱 번의 테스트. 도합 일곱 번의 기회를 주는
것이다.

아주 관리자의 배려가 흘러넘치고 있었다.

한편 여전히 그에게 마이크를 건네고 있던 김기주 특파원
이 입을 열었다.

"케이 님의 결정을 듣고 싶습니다. 어느 쪽을 선택하실 거
죠?"

아마 수많은 사람은 한 가지 답을 떠올리고 있을 것이다.

여태 그가 해 온 행보가 그러했고, 은근히 기대하는 눈치
도 있었다.

강서준의 생각도 같았다.

'오늘을 위해 만전을 기했다.'

그간 차원 서고의 수련장과 각종 B급 던전을 전전하며 수
련에 몰두한 그였다.

그 수준은 한 달 전과 크게 차이가 났다.

심지어 그에게 종속시킨 수많은 '영혼 부대'와 '백귀', '고룡이'를 비롯하여 새로 함께하게 된 '수룡 파랑이'도 있다.

아무것도 없이 패기만 가지고 있던 튜토리얼 퀘스트 당시와 비교해선 하늘과 땅 차이였다.

망설일 필요도 없었다.

"헬 난이도를 고르겠습니다."

['이벤트 – 몬스터 파크(헬)'을 선택했습니다.]

[지정된 위치로 이동해 주십시오.]

거두절미하고 헬 난이도를 고른 강서준은 인파가 전혀 없는 해안가에 도착할 수 있었다.

정동진 해수욕장과 닮았지만 묘하게 다른 장소.

이곳은 '정동진 해수욕장'을 배경으로 만들어진 일종의 가상 공간, 인스턴스 던전이었다.

이미 도착한 사람들도 있었다.

'일곱 명이라…….'

정동진 해수욕장에 방문한 수백 명의 플레이어 중 무려 일곱 명이 헬 난이도를 골랐다.

튜토리얼 퀘스트 때보다는 적은 숫자였지만, 이쪽이 오히려 대단하다 할 수 있었다.

'현실을 겪은 뒤의 선택이니까.'

어느덧 1년을 넘겨 플레이어 경력도 꽤 두터운 사람들이다.

목숨이 아깝지 않다면, 섣불리 헬 난이도를 고를 사람은 아무도 없을 터.

설령 이벤트 설명에 적혔듯, '기권'이라는 '즉시 탈출권'이 존재하더라도 그들의 선택은 놀라웠다.

"강서준, 오늘은 지지 않아!"

올림픽처럼 서로 싸워 승부를 겨루는 경기가 아님에도, 강서준을 향해 승부심을 불태우는 남자.

묵직한 발걸음으로 다가온 나도석은 전보다 훨씬 거대해져 있었다.

추운 겨울임에도 반팔 반바지로 돌아다니는 걸 보면 그의…… 심상도 꽤 단련된 듯했다.

'혹한기 훈련도 웃어넘길 인간이야.'

하지만 이런 날씨에 굳이 여름 복장으로 돌아다닐 인간은 그 말고는 없었다.

다들 보온 성능이 탁월한 장비를 갖추거나, 따뜻한 코트를 그 위에 걸쳐 입었으니까.

아, 단 한 사람만 빼고.

"케, 케이 님······."

강서준은 굳이 추위 따위를 견딜 필요가 없는 진백호를 볼 수 있었다.

이미 여러 사람이 그 온기를 쫓아 그곳에 모여 있었다.

'헬 난이도를 고를 줄은 몰랐는데······.'

한껏 긴장했는지 불안한 얼굴을 한 진백호는 연신 주변의 눈치를 살피고 있었다.

"너무 겁먹을 거 없어. 안 되면 기권하면 되니까."

"그, 그렇겠죠?"

"응. 게다가 넌 예전의 약골이 아니잖아."

그의 주변엔 무려 두 정령왕이 따분한 표정으로 해안을 응시하고 있었다.

켈로부터 시행된 한 달간의 특훈 덕에, 이젠 정령왕도 수준급으로 다루는 그였다.

'아니, 넌 더 성장해야 해.'

강서준이 늘 마음에 안 들었던 것은 중요한 순간마다 진백호를 안으로 빼돌려 숨겨야만 했던 부분이다.

그는 지켜야만 하는 존재니까.

하지만 정령왕을 둘이나 다스리는 괴물을 방치하는 건 전 지구적인 손실이 아닐 수 없었다.

'호크 알론까진 바라지도 않아. 적어도 네 목숨 하나는 지킬 정도는 되어야지.'

해서 강서준은 그가 이번에 헬 난이도를 골랐다는 점을 높게 사고 있었다.

소심한 성격이야 어쩔 수 없겠지만, 쌓이는 경험치와 올라가는 레벨은 결코 그를 배신하지 않는다.

"늦었네요?"

"최하나 씨."

강서준은 이외에도 지구에서 내로라하는 강자들을 차례로 만나 볼 수 있었다.

이젠 거의 한국에 눌러살 속셈인지, 미국으로 돌아가질 않는 성녀 '마일리 그레이스'.

처리할 일이 많아 아크에서 마지막까지 고생하다 넘어온 '링링'.

지금은 거의 회장으로 불리는 '지상수'나, 그녀를 모르면 간첩인 '최하나'도.

심지어 '김훈'까지 헬 난이도를 골라서 이 해안에 모여 있었다.

한동안 수련을 한답시고 두문불출하던 김훈이 강서준을 향해 말했다.

"강서준 씨는 이벤트가 어떻게 진행될 것 같아요?"

"……글쎄요. 몬스터 파크란 이름으로 유추할 수 있는 것도 있지만, 아무것도 단정 짓긴 어려워요."

"드림 사이드 1에서도 없었던 이벤트라고 하셨죠?"

솔직히 불안한 감정이 드는 것도 사실이었다.

이번 이벤트는 단 한 번도 겪어 본 적이 없는 유형이다.

선택의 미로처럼 난이도를 고를 수 있는 것부터 꽤나 생소하기 그지없었다.

'정보가 없어도 너무 없어.'

좋은 상황이 아니다.

이벤트 중에 벌어질 대다수의 일을 임기응변으로 대처해야 할 테니까.

"어? 시작해요!"

지상수의 외침과 동시에 바닷가 위쪽에 홀로그램이 일렁거렸다.

선명하게 보이는 영상 속엔 수백 명의 사람들이 바닷가에서 몸을 풀고 있었다.

이지 난이도에 진입한 플레이어들이었다.

"……이벤트라더니만. 이젠 영상으로 틀어 주기도 하네."

"우리야 좋죠. 안 그래도 정보가 부족했잖아요."

주어진 환경이 비슷하다면, 아마 클리어해야 할 퀘스트의 골격도 닮았을 것이다.

그들과 마찬가지로 이지 난이도의 플레이어들은 정동진 해안가에서 퀘스트를 준비하고 있었다.

"퀘스트는 생각보다 단순하네요. 튜토리얼 때랑 비슷한데요?"

바닷가를 가로질러 수면 위에 두둥실 떠 있는 포탈로 들어가면 통과였다.

주의할 점은 한번 바다로 들어가면, 다신 육지로 돌아갈 수 없다는 것이다.

중간에 휴식을 취할 수도 없고, 단번에 목적지까지 돌파해야만 했다.

'장애물도 있겠지.'

플레이어들이 바닷가에 진입하자마자 파도는 거칠어지기 시작했다.

안 그래도 바다 수영 자체가 버거운 상황인데, 거친 파도는 사람들의 체력을 쉽게 깎아 내고 있었다.

곳곳에서 몬스터의 기척도 느껴졌다.

단순한 동해처럼 보여도 수면 아래엔 각종 해양 몬스터가 득실거렸다.

"으아아앗!"

하지만 이지 난이도가 괜히 이지 난이도였을까.

거친 파도와 몬스터들이 서식하는 바닷가만 지나가면 끝인 퀘스트였다.

그 이상의 위험은 없었고, 각자 나름대로 슬기로운 플레이어들이 순조롭게 이지 난이도를 통과해 냈다.

거의 대다수가 만족할 만한 성적을 거둘 수 있었다.

"다음은 노말입니다."

근데 고작 이지에서 노말로 넘어갔을 뿐인데, 이벤트 내용은 극적인 변화가 나타났다.

"노말에서 저 정도면 대체……."

바닷가 곳곳에서 소용돌이가 휘몰아쳤고, 해양 몬스터의 크기도 대형급으로 등장했다.

멀리 유령선을 탄 몬스터들도 나타났다.

이젠 바다 수영을 하는 와중에도 필연적으로 전투를 해야만 하는 것이다.

그리고 강서준은 이벤트 영상을 올려다보며, 새삼스러운 샛별의 배려를 느낄 수 있었다.

'알아서 포기하란 건가.'

말했듯, 이번 이벤트는 플레이어의 질적 상승을 목적으로 한다.

무모하게 도전하다 죽어 나자빠지는 것만큼 크나큰 손실은 없을 것이다.

그땐 주객이 전도된다.

기권이 존재한다 해도 그전에 죽어 버리면 어찌하겠는가.

해서 샛별은 영상을 통해 급격한 난이도 변화를 예고하며, 누군가에겐 '정보'를, 또 누군가에겐 '포기'를 권유하고 있었다.

아마 본인의 실력을 잘 아는 눈치 빠른 플레이어는 이즈음에서 포기할 것이다.

죽는 건 결국 본인 손해니까.

"드디어 하드 난이도네요."

우려가 섞인 마일리의 시선이 해안가에 선 하드 난이도의 플레이어들에게 향했다.

슬슬 강서준에게도 낯익은 인물들이 보이고 있었다.

어느덧 PP의 중역이 된 '오대수'부터, '공지원'…… '김강렬 대위'나 '조현호', '김시후'도 보였다.

의외로 '장기용'도 있었는데, 도깨비 그림이 그려진 망토를 걸치고 있어 괜히 얼굴이 화끈해졌다.

누가 재 좀 말려 주면 좋겠는데.

이어진 하드 난이도는 역시 수준이 훨씬 격상된 채로 진행되었다.

쿠구구구!

시작부터 심상치 않게 파도가 움직였고, 하늘에선 수많은 몬스터가 날카로운 발톱을 뽐냈다.

대략 몬스터의 수준도 하나같이 B급을 상회했다. 그중 보스급도 섞여 상당히 골치 아파 보였다.

"크윽……!"

"뭉쳐! 하나씩 잡고 넘어가야 해!"

그래도 이벤트의 가장 큰 이점은 플레이어들의 협력을 막질 않는다는 점이다.

그들은 합심하여 몬스터들을 공략해 나갔다.

마법사들과 검사들이 서로 역할을 분담하자, 바다 위에서도 어엿한 전투가 가능했다.

역시 '하드 난이도'라는 위명에 어울릴 정도로 아찔한 순간은 계속됐지만, 플레이어들은 하나로 뭉쳐서 그 난관을 헤쳐 나갔다.

진짜 문제는 포탈의 앞이었다.

"해, 해일이다!"

떠오른 해에 닿을 것처럼 높은 파도가 플레이어들의 앞을 가로막은 것이다.

수영을 하든, 바다 위를 달리든, 날아서 이동을 하든……그 어떤 플레이어도 그 자연재해로부터 자유로울 수 없었다.

"미친…… 이걸 어떻게 뚫으라고!"

초인적인 힘을 발휘하더라도 아직 그들은 자연재해 앞에 선 무력할 뿐이었다.

"젠장, 다른 방법이 없을까?"

"일단 버텨! 해일이 계속 몰아치진 않을 거야!"

하지만 그곳에 몰아치는 건 오직 해일만이 있는 게 아니었다.

하늘에서 빠르게 쇄도하는 와이번과, 심해에서부터 찔러오는 씨 서펜트 등이 해일에 힘입어 공세에 접어들었던 것이다.

"끄아아악!"

"……나 더는 못 버티겠어!"

"크윽…… 무리하지 말고 기권해!"

"여기서 죽으면 개죽음이다!"

결국 수많은 플레이어가 속속 빛으로 산화하며, 이벤트 지역을 탈주하기 시작했다.

뭐든 죽는 것보단 나으니까.

'게다가 오늘만 날이 아니야.'

말했듯 이번 이벤트는 기권을 한다고 끝이 아니다.

일주일간 하루에 한 번.

오늘을 실패해도 플레이어들에겐 여섯 번의 기회가 남아 있었다.

'내일 성공하면 돼.'

그런 심리가 하드 난이도 플레이어들에게 강하게 떠오르고 말았을까.

[1일 차 '하드 난이도 – 몬스터 파크'의 자격 테스트가 종료됩니다.]

[통과자는 '0명'입니다.]

[위치 : 강원도 정동진 해변]

황당한 결론이 나오고 말았다.

[헬 난이도 '몬스터 파크'를 시작합니다.]

[도전자는 정해진 위치에서 대기하십시오.]

하드 난이도 통과자는 '0명'이라는 충격적인 사실에 당황할 틈도 없이, 곧 영상은 헬 난이도로 넘어갔다.

그곳에 있는 자들은 하나하나가 세계에서 우뚝 선 존재로 불리는 최상위 랭커들.

'하늘 밖의 하늘'이라 불리는 천외천도 있었다.

"최하나 님이다! 와아아아!"

"성녀님도 계셔!"

"오오오! 김훈 님이야!"

각 랭커들의 이름이 호명되며, 그 사람의 인기를 대변하듯 우레와 같은 함성이 터졌다.

김기주 특파원도 빠르게 상황을 전달하며 방송을 이어 나갔다. 실시간으로 진행되는 영상의 채팅창은 폭발할 듯 갱신됐다.

그리고 단연 최고의 인기를 구가하는 한 사람이 있었는데.

"케이! 케이! 케이!"

"케이 님이야!"

"와아아아아아!"

이전 세계의 랭킹 1위였던 것부터, 현 세계에서 그가 해낸 수많은 업적.

포탈 던전에서 쉐도우 드래곤을 사냥한 일이나, 서울이나 부산을 위기에서 구해 낸 건 익히 유명했다.

최근엔 리카온 제국을 섬멸한 것 또한 케이의 업적이라고 밝혀졌고, 파리에서 벌인 대단한 활약은 매스컴에서 연일 다루기 바쁜 뉴스였다.

명실상부. 부동의 랭킹 1위!

사람의 환호성은 잦아들 기미가 없었다.

"과연 케이 님은 어떻게 돌파하실까?"

"그보다 난 헬 난이도가 왜 헬이라 불리는지 궁금해!"

생각해 보면 선택의 미로에서도 그토록 어렵다는 '헬 난이도'의 공략 장면은 누구도 본 적이 없었다.

드림 사이드 1에서의 영상으로 추측할 뿐, 현실에서 그곳에 들어가 살아남은 사람은 없었다.

오직 강서준과 나도석만이 통과해 낸 퀘스트.

즉 수많은 사람을 불귀의 객으로 만든 '헬 난이도 퀘스트'를 이번엔 영상으로 직접 볼 수 있는 것이다.

사람들은 한껏 기대를 품고 영상에 집중했다.

그리고 헬 난이도는 시작부터 그 내용이 달랐다.

['헬 난이도 – 자격 테스트'는 한 번에 한 명씩 입장할 수 있습니다.]

팀플레이를 막는 규칙.

즉 하드 난이도까지 격상한 테스트 과정을 모조리 혼자서 뛰어넘으라는 것이다.

"재밌군. 스타트는 내가 끊지."

선두로 나선 건 나도석이었다.

마치 맛있는 먹잇감을 보듯 수평선을 응시하던 그가 정해진 자리에 서자, 곧 머리 위로 숫자가 카운트되기 시작했다.

여기까지는 여타 다른 난이도와 다르지 않았다.

[바다 건너의 포탈을 돌파하시오.]

그저 각종 장애물을 넘어 목적지까지 도달하면 될 일.

하지만 그 시작은 역시 차원이 달랐다.

크콰카카카카칵!

출발선에 선 나도석의 앞으로 엄청난 해일이 밀려오고 있었으니까.

강서준은 첫발을 내디딘 나도석을 보며 쓰게 웃었다.

모름지기 정보가 부족한 상황에서 무작정 앞으로 나서는 건 현명한 방법이 아니다.

하지만 그 역경을 돌파했을 때의 쾌감이 가히 즐겁다고 느끼는 자. 그게 바로 '나도석'이란 사람이다.

오히려 정보가 없고 위험천만하기에 도전한다.

이전에 튜토리얼에서도 헬 난이도를 골랐던 이유가 고작 '헬'이란 글자가 마음에 들어서가 아닌가.

지금도 그렇다.

그는 이 상황을 즐기고 있었다.

해일이 몰아치는 와중에도 떨어지지 않는 그의 입꼬리가 이를 증명했다.

'과연 어떻게 돌파하려나?'

나도석은 우선 개구리처럼 몸을 웅크렸다. 다리 근육을 팽팽하게 당기자, 실제로 그의 뒤로 거대한 개구리의 형상이 나타났다.

어느덧 코앞까지 밀려온 해일!

나도석이 엄청난 폭발음을 일으키며 뛰어오른 건 그때였다.

콰아아아아아앙!

어찌나 세게 땅을 박찼는지 바닥에 크레이터가 생성됐고, 소닉붐이 일었다.

고작 제자리 뛰기 한 번으로 마하의 속도를 낸 것이다.

"흐아아아압!"

기합을 내지르며 엑스자로 교차한 팔이 해일과 맞부딪쳤다.

일개 인간이 자연재해를 향해 맨몸으로 부딪친 꼴이지만, 결과는 놀라웠다.

곧 해일을 뚫고 나도석은 바다 위를 활공할 수 있었다.

크콰카카칵!

한편 해안가로 밀려온 해일은 자연스레 시스템이 만들어낸 무형의 벽에 막혀 소멸했다.

귀찮게 신경 쓸 필요가 없어 다행이었다.

"고작 이게 끝이냐!"

당당하게 해일을 돌파한 나도석은 허공에서 충격파를 일으켜 다시 도약했다.

방법은 단순했다.

포탈까지 허공을 박차 일직선으로 날아가 테스트를 끝낼 속셈이었다.

그가 할 법한 가장 간단하고 효과적인 방식.

츠츠츠춧!

물론 헬 난이도가 그리 호락호락한 퀘스트는 아니었다.

강서준은 이상한 점을 찾을 수 있었다.

"……몬스터가 안 보여."

테스트의 중반 무렵에 다다른 나도석한테 단 한 마리의 몬스터도 달려들지 않은 것이다.

그게 가당키나 할까?

이지 난이도부터 착실하게 등장한 몬스터가 헬 난이도에 한 마리도 존재하질 않는다니.

하드 난이도에선 공중 몬스터도 나타났으니, 그가 허공을 날고 있기에 마주치지 못한 건 아닐 것이다.

"이게 끝이 아니야."

그의 중얼거림을 듣기라도 했는지 나도석의 정면이 서서히 변하기 시작했다.

터무니없지만 포탈이 일렁이던 바다가 하늘로 솟구치고, 나도석의 앞엔 거대한 바다의 벽이 생겨나고 말았다.

또한 그를 향해 폭포수처럼 엄청난 양의 물이 낙하하고 있었다.

"이까짓 거……!"

하지만 그조차 끝이 아니었다.

바다의 벽에서 무수한 손이 생성되어 나도석의 전신을 휘감은 것이다.

다리, 팔, 목, 몸통…… 부위를 가릴 것 없이 붙잡아 물귀신처럼 아래로 끌어내렸다.

문제는 그 손이 전부 바닷물로 이루어졌다는 점이었다.

강서준은 그제야 헬 난이도에서 진짜 돌파해야 할 상대가 무언지 알았다.

'……바다 자체가 몬스터였군.'

바다 자체이기에 죽일 수 없고, 형태도 특정되지 않았으며, 무한히 확장한다.

낙하하는 물과 그를 휘감은 물이 서로 뒤엉켜 나도석은 속절없이 심해로 끌려가고 있었다.

연신 충격파를 일으키고 바다를 밀어내도, 무한에 가까운 바닷물은 집요하게 나도석을 붙잡았다.

"끄으으윽……!"

끝까지 안간힘을 다하던 나도석은 억울하게도 순식간에 해안가로 떠밀려 와야만 했다.

[플레이어 '나도석'은 실격되었습니다.]

[실격 처리로 인하여, 금일 이벤트 장소에서 추방됩니다.]

그가 황당한 얼굴로 외쳤다.

"이게 뭐야!"

억울할 만도 했다.

바다가 마치 의지를 가진 것처럼 그를 죽이질 않고, 해안가로 밀어내 탈락시킨 셈이다.

이건 선택의 미로에서도 겪지 못한 현상.

용암이나 각종 자연재해가 마치 사람처럼 움직인 적은 없었다.

'죽일 수 없으니 장외로 밀어서 실격시켰어. ……지능이라
도 있는 건가?'

강서준은 혹시 샛별이 뒤에서 바다를 조종하고 있는 건 아
닐지, 잠시 고민했다. 물론 알아낼 방법은 없었다.

[도전자는 정해진 위치에서 대기하십시오.]

믿었던 나도석의 실격이라는 황당한 결론을 앞두고, 헬 난
이도의 플레이어들이 머뭇거렸다.

그리고 최하나가 굳은 얼굴로 앞으로 나섰다.

"이번엔 제가 해 볼게요."

"……조심하세요."

보무도 당당히 자리에 선 최하나의 앞으로 다시 해일이 밀
려오고 있었다.

그녀는 미동도 없이 가만히 선 채로 해일을 응시했다.

준비 자세부터 요란했던 나도석과 정반대의 분위기였다.

숨이 막힐 것처럼 고요하게 선 그녀가 총구를 겨눈 건 한
순간이었다.

타아아아앙!

짧은 총성과 함께 최하나의 몸이 빛처럼 사라졌다.

그녀가 다시 몸을 드러낸 건 해일 너머의 상공.

"공간이동탄에 자신의 몸을 엮었어요. 언제 저런 기술

을…….”

공간이동에 조예가 깊은 김훈이 감탄하며 최하나의 움직임을 주시했다.

그녀는 단 일격에 나도석이 도달한 위치까지 닿았다.

문제는 거기부터였다.

“붙잡히면 끝입니다.”

영악한 바다는 플레이어를 죽이기보단, 이 테스트에서 떨어뜨리기 위해 혈안이 되어 있었다.

나도석의 패착은 거기에 있었다.

‘상대가 무지성이냐, 지성이냐에 따라 행동도 달리해야 하니까.’

최하나는 솟구친 바다의 벽을 향해 빠르게 마탄을 난사해 댔다.

나도석을 붙잡았던 수많은 손이 생성되기도 전에 아예 일대를 초토화시킬 셈이었다.

그녀의 계획대로 ‘폭마탄’이 가미된 수많은 마탄은 바다를 헤집어 놨다.

공간이동탄과 에어 봄, 각종 마탄이 화려하게 터지며 바다에 구멍이 뚫리고 있었다.

하지만.

“……!”

최하나의 전신은 이미 축 젖어 있었다.

분명 바다에서 솟구치는 수많은 바닷물을 터뜨렸고, 주변을 완전히 초토화시켰음에도.

그녀는 바다에 붙잡힌 것이다.

이유는 간단했다.

'물이 폭발한다고 없어지는 게 아니니까.'

최하나가 터뜨린 물들이 사방에 흩어지고, 그녀가 열심히 피한들 온몸을 적시는 바닷물을 모두 막을 순 없다.

결국 쌓이고 쌓인 바닷물이 힘을 발휘할 정도로 그녀의 전신은 축축하게 젖어 있었다.

금세 그녀도 나도석처럼 파도에 휘감기고 말았다.

츠츠츠츳!

그때 최하나의 몸이 빛처럼 변하더니 그 자리에서 사라졌다.

빠르게 기권을 외치고 밖으로 나간 것이다.

강서준은 속으로 그녀의 고생을 위로해 줬다.

'고생했어요.'

사실 그녀는 처음부터 전력으로 여길 돌파할 생각이 없었는지도 모른다.

이번 테스트는 말했듯, 여러 번 도전이 가능했으니까.

'첫날은 정보만 얻어도 이득이야. 진짜 공략은 그다음부터겠지.'

다른 플레이어도 같은 생각을 했을까.

이후로 헬 난이도 플레이어들은 더욱 전략적으로 테스트에 임했다.

특히 공간이동으로 먼 거리를 도약하는 김훈의 활약은 가히 대단했다.

'뭐, 이런 것도 공간이동이 가능한 사람만이 할 수 있는 기예지만……'

내로라하는 플레이어들은 대개 바다의 벽 부분에서 탈락의 고배를 마셨다.

각종 템빨을 구가하던 지상수나 예상외로 선전했던 성녀도 무리였다.

그리고 곧 링링의 차례였다.

우우우우웅!

그녀가 지팡이를 휘두르자 '다가오는 해일'에 대항할 '새로운 해일'이 만들어졌다.

해일을 해일로 막는 것이다.

"와…… 랭킹 3위는 다르긴 다르네요."

켈의 순수한 감탄은 다른 플레이어의 입에서도 절로 터져 나왔다.

확실히 링링은 여태껏 보여 줬던 플레이와는 차원이 다른 무언가가 있었다.

한쪽에서 팝콘을 뜯으며 테스트를 관람하던 이루리도 나지막이 감탄했다.

"동시에 저리 많은 마법을 부리면서 모두 정확해. 이건 정말 뇌지컬이 달라. 쟨 인간이 아닌 거 같아."

아는 사람은 더욱 자세히 보이는 법이다. 아마 수많은 마법사가 이 영상을 보고 기겁하고 있는지도 모르겠다.

가만히 서 있는 것처럼 보여도 그녀는 수많은 수식어를 동시에 계산하고 있을 테니까.

좌표를 정하고 힘을 분배하며, 그 모든 과정을 동시에 도출해 낸다.

가히 '대마법사'라 불리는 자질이다.

'문제는 여기부터인데……'

여태까지 모든 플레이어들이 탈락의 고배를 마신 거대한 바다의 벽!

링링도 쏟아지는 낙수와 사방에서 휘어 감는 바닷물을 견뎌 낼 재간이 없었다.

한 차례 계산이 오차가 나자, 결국 그녀의 몸에도 바닷물이 튀고 말았다.

링링은 바로 기권했다.

그녀가 사라지기 전에 혼자 작게 중얼거리고 있었다.

"생각보다 변수가 너무 많아. 흐음…… 수열식을 바꿔야."

강서준은 정동진 해변가로 돌아갔을 그녀가 무얼 하고 있을지 상상할 수 있었다.

아마 태블릿을 꺼내어 계산을 잔뜩 늘어놓고 있겠지.

강서준은 쓰게 웃으며 고개를 절레절레 저었다.

미안하지만 링링의 패착은 그것이다.

'무한히 확장하는 힘 앞에서 계산은 무의미해.'

자연의 흐름을 모조리 계산할 게 아니라면, 계산만으로 돌파하는 데엔 한계가 있다.

강서준은 슬슬 자리를 털고 일어났다.

머릿속으로 상황을 시뮬레이션 돌려 봤고, 가능하겠다는 판단이 선 것이다.

'물론 중반까지만.'

거의 마지막으로 도전했던 링링이 중반을 넘어 바다의 벽에서 꽤 고지를 점했어도, 그 이후를 보진 못했다.

즉 이후의 정보는 직접 해 보질 않으면 얻을 수 없는 것들이다.

"뭐, 어떻게든 되겠지."

그는 어깨를 으쓱이며 정해진 자리에 섰다.

예상대로 거대한 해일이 생성되며 점차 그 크기가 빌딩 높이로 솟구치고 있었다.

아니, 여태 밀려왔던 해일보다 유난히 더 큰 건 그의 착각일까?

'……상관없어.'

강서준은 호흡을 가다듬으며 재앙의 유성검을 꽉 쥐었다.

반개한 눈으로 금빛이 흘렀고 그는 해일을 직시했다.

헬 난이도의 첫 번째 장애물.

'해일을 넘는 법.'

나도석처럼 무력으로 돌파하거나.

최하나나 김훈처럼 공간이동으로 피하거나.

링링처럼 해일을 일으켜 맞부딪치는 법도 있을 것이다.

그리고 강서준이 선택한 방법은 정말 단순했다.

[스킬, '바다 가르기(S+)'를 발동합니다.]

'난 해일을 벨 것이다.'

전신으로 고르게 퍼진 마력이 진동하고 팽팽하게 당긴 근육이 타이밍을 기다렸다.

태산을 가르는 가장 기초적인 자세.

강서준은 호흡을 가다듬으며 두 눈을 금빛으로 물들였다. 집중력을 최고조로 올리니 수많은 파도의 흐름조차 단번에 읽어 낼 수 있었다.

'아직 아니야.'

몰아치는 해일은 일견 거세게 밀려오는 것처럼 보였지만 실제 그 흐름은 상당히 들쑥날쑥했다.

파도의 최상단, 중심, 그 아래…… 혹은 물살이 서로 겹쳐 힘이 더해지거나 부딪쳐 떨어지는 부분.

재앙의 유성검을 역수로 쥔 강서준은 그중에서도 특히 흐름이 얕아지는 지점을 찾고자 했다.

크콰카카칵!

어느덧 해일이 코앞에 다다르자 주변은 거대한 그림자로 뒤덮여 있었다.

대재앙 앞에 선 한 인간!

미동도 없는 그 모습에 뒤쪽에서 진백호의 비명이 먼저 터져 나왔다.

[스킬, '류안(S)'을 발동합니다.]

'찾았다.'

하지만 곧 강서준이 한쪽을 겨누고 단검을 세로로 그어 올리자, 터무니없게도 파도는 종이가 잘려 나가듯 양옆으로 갈라지기 시작했다.

[스킬, '파도타기(S+)'를 발동합니다.]

멜빈 알론이 남긴 L급 검술에서도 '해(海)'의 묘리를 담은 첫 번째 기술.

파도의 흐름을 읽어 언제 어디서든 검술의 위력을 고스란히 발동하는 힘이었다.

'여기에 하나 더.'

강서준이 휘두른 검로(劍路)엔 마력으로 이루어진 벽이 생겨나고 있었다.

수시로 밀려오는 파도도 그 벽에 막혀 베었던 공간을 차지하지 못했다.

[스킬, '부동의 바다(S+)'를 발동합니다.]

부동(不動)의 바다!

강서준이 베어 낸 검로로 닦아 둔 마력은 거친 해일마저 강제로 억류하여 잠잠하게 만들었다.

이것이 '바다를 가르기 위한' 두 번째 묘리였다.

'바다는 늘 유동적이니까.'

파도가 치질 않으며 전혀 흐르질 않아 고인 곳을 바다라 하진 않을 것이다.

자고로 바다란 늘 흐르고 흘러 움직임이 끊임이 없는 곳.

즉 베어 봤자 밀려오는 파도에 휩쓸릴 뿐인 반쪽짜리 검술로 바다를 벨 순 없다.

'그러니 고정시켜 둬야 해.'

결국 해일의 최상단까지 생성된 마력의 벽은 파도의 접근을 허락하지 않았다. 강서준의 앞으로 마치 모세 앞에 선 홍해처럼 바다가 길을 열어 주고 있었다.

'한 달의 수련이 헛되지 않았어.'

가만히 갈라진 바다 사이를 응시하던 그가 빠르게 내달린
건 그때부터였다.

그의 공격이 어찌나 강했는지 목표로 했던 포탈까지 일직
선으로 맨땅이 드러나 있었다.

하지만.

"……쉽게는 안 내준다 이거지?"

곧 바다가 거세게 몰아치며 그가 쳐 둔 마력의 벽을 두드
려 대기 시작했다.

사방에서 휘몰아친 물살이 벽에 균열을 일으켰고, 더는 버
틸 수 없다는 걸 직감했다.

강서준은 짧게 혀를 찼다.

'첫술에 배부를 거란 생각은 하지도 않았어.'

바다를 가르는 기술이 실제 바다에서 얼마나 효용성이 있
는지 테스트했을 뿐이다.

강서준은 어차피 버티지도 못할 마력의 벽을 완전히 해제
하고 말았다.

순식간에 사방에서 물살이 폭포처럼 떨어져 내렸다.

[장비, '용아병의 날개'를 발동합니다.]
[10분의 자유비행을 시작합니다.]

빠르게 허공으로 날아오른 강서준은 수평선 너머로 자리

한 포탈을 다시 확인했다.

쿠구구구!

또한 바다는 여태껏 당한 게 분했는지, 생각보다 훨씬 이른 시점부터 변형을 일으켰다.

사방에서 물기둥이 솟구치고 여태 수많은 플레이어를 실격으로 몰아넣은, 바다의 벽이 눈앞으로 나타나고 있었다.

크콰카카칵!

하지만 강서준은 한순간도 머뭇거리지 않았다. 다가오는 물줄기 사이를 절묘하게 가로지를 뿐이었다.

그 속도가 어찌나 빠른지 소닉붐이 터진 지 오래였고, 그의 움직임은 길게 늘어져 혜성의 꼬리처럼 보였다.

쿠우우! 쿠우우웅! 쿠우우우웅!

실제로 물줄기는 강서준의 속도를 따라잡지 못해 허공만 스쳤다.

제아무리 바다가 그 앞을 가로막으려 해도 자유자재로 방향을 전환하는 강서준을 어찌할 수는 없었다.

용아병의 날개엔 10분의 제한 시간이 있지만, 이런 효용성은 확실히 사기적이다.

'진짜 문제는 여기부터인데……'

상당히 순조롭게 폭포를 거슬러 오르듯 바다의 벽 중반부 지점까지 도달했다.

이곳은 링링마저 실패했던 지점.

근데 슬슬 그를 공격하던 수많은 물줄기가 서서히 줄어드는 게 보였다.

탈락시키기 위해 그 숫자를 늘려도 모자랄 판에 앞을 가로막는 장애물이 없어지는 것이다.

'좋은 징조가 아니야.'

불길한 예감이 맞아떨어졌을까.

강서준은 그의 정면에 생성된 소용돌이와 그곳에서 서서히 떠오른 한 인영을 확인했다.

그리고 바로 깨달을 수 있었다.

'……괜히 헬 난이도가 아니었군.'

여태 바다에서 휘몰아쳤던 커다란 해일도 아마 이놈에 비한다면 애들 장난이 될 것이다.

어쩐지 바다가 살아 있는 생물처럼 움직인다 싶었다.

강서준은 짧게 혀를 찼다.

'해왕(海王)이라니.'

바다에서 나고 자라 그 권능과 특성이 용에 버금간다는 존재.

실제로 수룡조차 그의 권역에 들어가길 꺼려 한다고 알려진, 드림 사이드 1의 절대 금역 '바다의 무덤'의 주인.

레벨만 400을 넘길 S급 몬스터.

인간의 형태를 하고 있었지만, 강서준은 바로 알아볼 수 있었다.

"난이도 실화냐고…….".

하지만 강서준은 여전히 속도를 줄이질 않았다.

녀석이 어떤 존재든 그가 해야 할 일은 하나였다.

'진짜는 아니겠지. 그리고 싸울 필요도 없어. 내 목적은 여기 통과…….'

그때였다.

"내가 그리 우스운가?"

분명 방금 전만 하더라도 멀찍이 떨어져 있던 녀석이 강서준의 코앞에 나타나 있었다.

"……!"

용아병의 날개를 활용하여 방향을 바꿔 충돌을 면했지만, 그다음 공격까지 어쩔 수는 없었다.

정신을 차렸을 때 이미 그는 바다로 추락하고 있었다.

'……미친!'

바다에 닿기 전에 겨우 허공에 멈춰 선 그는 호흡을 가다듬으며 녀석의 위치를 추적했다.

다행히 놈은 한 대를 가격한 이후로 다시 그를 향해 추가타를 날리진 않았다.

'……그나마 목숨을 노리진 않네.'

녀석이 그를 죽일 생각이었다면 강서준은 벌써 너덜너덜해졌을 것이다.

위기 감지도 뜨질 않는 걸 보면 녀석은 강서준에게 위해를 가할 생각도 없는 듯했다.

그게 적잖이 안심이 됐지만…….

'해결책이 되진 않아.'

게다가 한 번의 충돌로 깨달았다.

'저런 괴물을 무시하고 지나간다는 발상부터 말도 안 되는 거였어.'

놈은 추정 레벨만 400을 넘기는 가히 역대급 괴물이라 할 만한 존재였다.

얼마 전 파리에서 부활할 뻔했던 용의 완성체라면, 과연 이놈과 대적할 수 있을까.

가히 드림 사이드의 헬 난이도에 어울리는 상대였지만…… 이건 정말 공략하라고 내놓은 건지 의심이 들 정도였다.

빌어먹을 관리자.

빌어먹을 샛별!

'후우…… 정신 차리자.'

강서준은 애써 불안함을 밀어내고 잡념도 모조리 털어 냈다. 좀 더 생산적인 생각을 할 필요가 있었다.

'공략법을 찾아내야 해.'

아마 이대로 기권을 외치고 자리로 돌아가 다음 전략을 준비하는 게 나을지도 모른다.

'해왕'이 존재한다면 그에 알맞은 공략법, 아이템 등을 가져와 상황을 유리하게 만들 수도 있을 테니까.

그게 현명한 방법이고, 어지간한 플레이어라면 선택했을 답안이었다.

하지만 강서준은 호흡을 정돈하며 집중력을 더더욱 높였다.

이유는 간단했다.

'일곱 개의 기회라는 말 자체가 함정이야.'

아무리 이벤트라고 해도 기회를 그리 퍼 주는 건 몇 번을 생각해도 이상했다.

과연 샛별이 그 정도로 플레이어의 편의를 봐주는 인물이던가?

강서준은 대번에 고개를 가로저어 생각을 부정할 수 있었다.

'샛별은 단순히 재밌을 거라는 이유로 마족의 등장조차 용인했다.'

관리자란 인간을 지키는 '신'이 아니다. 잠시 공공의 적을 만나 협력하는 사이처럼 됐지만, 엄연히 따지자면 샛별은 '가해자' 진영에 선 존재다.

'가능하면 한 번에 성공시키는 게 좋아.'

모르긴 몰라도 일곱 개의 기회가 하나씩 사라질 때마다, 플레이어는 무언가를 잃는 걸지도 모른다.

죽을 만큼 어려운 난이도를 공략해야 죽이게 좋은 아이템을 쥐여 주는 게 드림 사이드의 국룰이 아니던가!

"잔뜩 퍼 주는 게임이 아니니까."

물론 샛별의 말마따나 이번 이벤트가 단순히 플레이어의 질적 향상을 목적으로 했는지도 모른다.

첫 번째 도전에서 성공하질 못하더라도 페널티 자체가 없을 수도 있었다.

그저 강서준의 억측에 불과한 일일지도 모르는 것이다.

'설령 그렇다 해도 기권은 안 돼.'

강서준은 그를 바라보고 있을 수많은 시선을 느낄 수 있었다.

아마 정동진에 나와 있는 모든 사람들…… 아니, 전 세계에 있는 사람들이 방송을 보고 있을 것이다.

과연 여기서 강서준마저 '기권'을 선택한다면?

서로 말을 하진 않겠지만 다분히 실망할 게 뻔했다. 아무래도 그에 대한 환상이 지워지고 말 테니까.

'내가 꺾이면 세계가 꺾인다.'

다소 오만한 말이었지만 틀린 말도 아닐 것이다.

어느덧 '케이'란 그런 존재였고, '랭킹 1위'는 그만한 무게를 가지고 있었다.

'왕관을 쓴 자 그 무게를 버티라던가.'

사람들은 막연하게 무슨 일이 벌어지더라도 케이라면 해낼 거라는 굳은 믿음을 품고 있었다.

그게 없어진다면…… 수많은 사람은 희망을 잃고 사기마

저 떨어지고 만다.

그 후는 보나 마나 빤하다.

'뭐…… 진심은 그리 거창한 이유는 아니겠지만.'

강서준은 두 눈을 금빛으로 물들이며 해왕의 움직임을 주목했다.

용아병의 날개를 운용할 시간은 앞으로 대략 2분.

뭘 하든 2분 안에 해내야 한다.

'여기서 포기하고 싶지 않아.'

상대가 어떤 존재든, S급이든, 혹은 그보다 대단한 괴물이든…… 강서준의 생각은 한결같았다.

불가해한 난이도인 '헬 난이도'라 하더라도 그는 포기할 생각은 없었다.

'공략법은 반드시 있어.'

가만히 서 있는 게 지루한 듯 하품까지 쩍 해 대는 해왕을 노려보며, 강서준은 자세를 잡았다.

❦

그 시각.

부서진 리조트를 뒤로하고 드넓게 펼쳐진 하와이의 카이마나 비치.

하와이에서 생존한 소수의 플레이어가 한곳에 뭉쳐 긴장

한 얼굴로 주변을 경계하고 있었다.

키이이잇!

그도 그럴 게, 해안을 장악한 무리는 '인간'이 아니라 '몬스터'였기 때문이다.

미국의 탱커 플레이어인 하운드는 제 몸만 한 커다란 방패를 꽉 쥐며 중얼거렸다.

"대체 이게 무슨 난리야."

이벤트라는 얘기를 듣고 던전에서 나오자마자 바로 이 자리에 섰다.

아무리 먹고살기 힘든 상황이라 하더라도 관리자의 말을 거역해선 좋을 게 없었으니까.

하지만 이런 경우는 상상해 보지 못했다.

'함정인가?'

설마 관리자가 플레이어의 씨를 말리려고 이런 괴랄한 짓을 꾸몄을까. 잠시 고민해 봤지만 하운드는 일단 결론을 보류했다.

수많은 몬스터가 카이마나 비치로 몰려들었지만 신기하게도 녀석들을 공격성을 보이질 않았다.

"그나저나 하와이에 이렇게 많은 몬스터가 있었다니⋯⋯."

"생각보다 심각하네요."

최근에 겨우 외지에서 건너온 플레이어 덕택에 지구의 상

살의 0.001%
랭커의 귀환

황을 전해 들은 상태였다.

해서 하와이엔 생각보다 던전의 개수도 적었고, 몬스터도 많지 않다는 사실에 감사했던 것도 불과 얼마 전의 일.

"이거 어쩌면 여태 우리가 착각하고 있었는지도 모르겠어."

한편 하운드는 허공에 떠오른 영상을 주목할 수 있었다. 그곳엔 한 인영이 무려 '헬 난이도'의 테스트를 수행하고 있었다.

하와이에서 지냈던 몇 안 되는 생존자들의 얼굴을 전부 기억하는 그는, 전혀 생소한 자라는 걸 깨달았다.

듣기론 해안에 몰린 수많은 몬스터의 주인이 바로 그라고 했다.

"누구 아는 사람 없어?"

"글쎄. 나도 처음 보는데?"

"대체 누구지? 어떻게 이리 많은 몬스터들을 부리는 걸까."

"……S급 테이밍 스킬이라도 가졌나."

설령 그렇다 해도 물경 수백에 달하는 몬스터를 일시에 다룬다는 게 가당키나 할까.

드림 사이드 1에서 이름을 좀 날렸던 천외천들이라면 할 수 있으려나?

모르겠다.

적어도 그가 알기엔 천외천 중 몬스터를 다루는 플레이어는 존재하지 않았다.

"일단 지켜보자. 솔직히 헬 난이도가 어느 정도인지 궁금했는데 잘됐네."

그리고 테스트가 시작된 지 얼마나 되었을까.

하운드를 비롯한 하와이의 플레이어들은 눈앞에 나타난 일련의 장면에 헛웃음을 지었다.

"……인간의 움직임이 아니야."

'하늘 밖의 하늘'이라 불리는 '천외천'이라면 가능한 플레이였을까. 하운드는 쓰게 웃으며 영상의 마지막을 바라봤다.

[1일 차 '헬 난이도 – 몬스터 파크'의 자격 테스트가 종료됩니다.]
[통과자는 '1명'입니다.]
[위치 : 하와이 카이마나 비치]

백발의 머리를 흩날리는 남자는 유유자적 포탈을 넘어가고 있었다.

해왕.

말 그대로 '바다의 왕'이라 불리는 S급 몬스터이자, 용조차 감히 무시할 수 없는 존재.

공교롭게도 강서준은 이 녀석을 상대로 싸워 본 적은 없었다.

'소문은 익히 들어 봤지만······.'

해왕의 거주지는 드림 사이드에서도 동쪽 끝인 블랙 그라운드 너머에 있는 '세상의 끝'이다.

거긴 찾아가는 것부터 일일뿐더러 구태여 가더라도 큰 보상을 얻기도 곤란한 지역.

아마 시간이 더 주어졌다면 그곳도 탐사해 봤을지도 모르지만, 드림 사이드는 그전에 섭종이 되어 버리고 말았다.

"겉보기엔 그다지 강해 보이진 않아. 흐음······."

각 생명체에겐 마력의 총량이 존재한다.

그리고 레벨이 오를수록 마력의 총량이 늘어나 그 덩치가 커지는 게 당연한 특징.

특히 몬스터는 그 특징이 도드라져 보통 400레벨을 넘기기까진 강하면 강할수록 그 크기가 커지곤 했다.

'하지만 S급부터는 달라.'

S급 몬스터는 알고 보면 각자 마력의 총량은 대단히 차이 나질 않을 것이다.

그쯤부터는 크기도 커지기보단 오히려 작아진 녀석도 슬슬 나타날 시기니까.

'S급에서 실력을 가르는 기준은 마력의 정제된 정도.'

한마디로 똑같은 100의 마력을 갖고 있더라도, 질적인 차이로 인해 그 수준이 구분된다는 것이다.

해서 개미처럼 작은 주제에 S급 명함을 달고 있으면 오히려 그 녀석을 경계해야 한다.

마력의 총량은 정해져 있는데, 개체의 크기를 줄일 만큼 마력도 그만큼 정제시켰다는 증거니까.

'변신의 권능을 가진 그래고리도 이건 숨기지 못해.'

리카온 제국, 목성의 마왕 '쥬톤'도 인간처럼 작아질 수는 있겠지만, 실상 외관만 그리 변했지 마력은 주체하질 못하고 잔뜩 흘려 대질 않았던가.

강서준은 침음을 삼켰다.

'그러니 눈앞의 이놈은……'

종전에 강서준에게 가했던 일격과 해왕의 정보를 조합해서 겨우 결론을 내렸다.

즉 놈은 겉보기엔 약해 보일 정도로 한 점의 마력조차 흘리지 않는 극도의 정제 상태란 것이다.

짧게 요약하자면 다음과 같다.

'……괴물이군.'

모르긴 몰라도 저놈 하나가 수백 개의 물기둥과 몰아치는 해일보다 더 높은 벽이 될 것이다.

진짜 괜히 헬 난이도가 아니다.

"후우……."

강서준은 호흡을 가다듬으며 상념을 하나씩 지워 냈다. 눈 앞의 벽이 제아무리 높고 고강한들 여기서 포기할 생각은 없었다.

어차피 할 일은 같았다.

'돌파한다.'

잠시 내려 뒀던 내부의 전원을 모조리 올렸다. 동시에 가진 모든 마력을 개방하며 자세를 잡았다.

[스킬, '맹수의 울음(S+)'을 발동합니다.]
[스킬, '광속(S+)'을 발동합니다.]

마력이 진동하며 사방으로 맹수가 울부짖었다. 멀리서 하품을 쩍 해 대던 해왕도 이쪽을 바라보며 신기하다는 듯 입을 열었다.

"호오…… 멜빈 그 애송이의 검술인가."

일순 강서준의 지근거리로 도달한 해왕은 턱에 손을 괴고는 나지막이 중얼거렸다.

"바다를 가를 때 알아봤지만 역시 조예가 깊어."

강서준이 본능적으로 검을 휘둘러 녀석을 경계했지만, 해왕은 별다른 공격 의사가 없는 듯했다.

그가 느긋한 말투로 말했다.

"넌 멜빈과 무슨 사이지?"

강서준은 가만히 눈살을 찌푸리며 해왕을 직시했다.

'멜빈'을 언급할 때부터 눈치챈 일이지만, 이놈도 역시 전생인 케이스에 해당하는 모양이다.

안 그래도 골칫덩이가 더더욱 큰 문제로 커진 느낌이다.

가까이에서 그를 바라보는 해왕은 마치 그리운 연인이라도 만난 것처럼 애틋한 얼굴을 했다.

"옛날 생각이 나는군."

그러더니 놈은 순식간에 뒤로 멀어져, 종전에 섰던 허공으로 돌아갔다.

"하지만 시험은 시험이야. 네놈이 멜빈과 어떤 긴밀한 관계에 있더라도 넌 '자격'을 증명해야 할 것이야."

그 순간 공기가 무거워졌다.

어깨를 짓누르는 대단위의 마력에 숨이 턱 막혔다. 정신을 바짝 차리고 집중하질 못하면 그대로 의식을 잃고 쓰러질 것만 같았다.

'젠장…… 더럽게 강하네.'

강서준의 현재 수준은 간신히 A급 보스 몬스터를 상대할 정도였다.

지난 한 달간 숱한 수련과 레벨 업을 통해서 꽤 자신감도 생겼더랬다.

세계의 진척도가 아무리 빨라진다 한들, 강서준도 그에 알맞게 빠르게 성장하고 있었으니까.

그래서 이번 이벤트에는 다소 가벼운 마음으로 임했던 기억이 난다.

'내가 너무 자만했나.'

방심하지 마라. 이 게임은 드림 사이드다.

하늘 밖의 하늘에 섰다면 이젠 우주를 상대해야 하는 게임!

누누이 말하지만 드림 사이드는 망겜이라 불릴 정도로 난이도가 더럽게 어렵기로 유명하다.

"좋아. 어디 한번 해보자고."

어느덧 강서준의 전신에 도깨비 갑주가 걸쳐졌다. 검신엔 도깨비불이 활활 타오르고, '블러드 석션'마저 발동하여 제각기 이펙트가 터져 나왔다.

진동한 마력과 공명하여 그의 전력이 고스란히 재앙의 유성검으로 닿았다.

'영역 선포.'

[장비 '재앙의 유성검'의 전용 스킬, '영역 선포'를 발동합니다.]
[칭호, '도깨비의 왕'을 확인했습니다.]
['핏빛 도깨비의 달'이 선언됩니다.]

해왕과 강서준을 중심으로 원형의 돔이 생성되더니, 곧 기둥이 곳곳에 생겨났다.

하늘엔 붉은 달이 떠오르고 '헬 난이도의 정동진 해안가'는 오직 강서준의 필드로 변모했다.

[이곳은 '핏빛 도깨비의 달'이 떠오른 영역입니다.]
[영역 내의 존재에게서 피를 강탈합니다.]
[해당 효과는 5분간 지속됩니다.]
[영역 선포자 : 강서준]

하지만 이 모든 힘을 발휘했음에도 해왕에겐 미치지 못한다는 걸 체감한다.

녀석은 여전히 느긋한 태도였고, 그를 업신여기는 눈빛은 전혀 변하지 않았으니까.

'당연한 거야.'

솔직히 녀석의 현재 레벨은 추측할 수 없었다. 400은 그냥 넘길 터였고, 어쩌면 그 후반에 머물지도 모른다.

'카무쉬 녀석 같군.'

물론 S급 보스 몬스터였던 '흑룡 카무쉬'에 비교할 정도는 아니겠지만, 체감상 그 강함은 카무쉬처럼 막연할 뿐이었다.

해왕은 전력을 발휘한 강서준에게 그저 손가락만 까딱이며 말했다.

"자, 와라……!"

그 오만한 태도가 상당히 거슬렸지만 신경 쓰진 않기로 했다.

'할 수 있는 최선을 다할 뿐.'

강서준의 두 눈이 금빛으로 물들며 허공의 모든 정보를 읽어 들이기 시작했다.

호흡을 길게 들이마시고 꾹 참으며, 오직 검의 끝으로 모든 정신을 집중시켰다.

핏빛 도깨비의 달은 원거리에 있는 해왕의 피를 끊임없이 강탈해 댔다.

그 또한 강서준의 힘이 되었다.

'어마어마하군.'

정제된 마력이 물밀듯이 들어오자 오히려 제어하는 게 더 곤란할 지경이다.

반면 피를 빨린다는 사실을 알면서도 해왕은 그다지 대응하려는 기색이 없었다.

그저 신기하단 얼굴로 강서준을 바라볼 뿐이다.

강서준은 눈을 번뜩였다.

'이 정도면 되었다.'

진동시킨 마력에, 이매망량 모드에, 영역까지 선포하여 녀석의 피를 흡수했다.

이보다 더욱 강한 버프 상태는 현재로서는 불가능했다.

게다가 들끓는 마력이 전신을 폭발시킬 것만 같았다. 조금이라도 빨리 이 힘을 방출하지 않으면 그가 먼저 죽을 것이다.

[스킬, '초재생(S+)'을 발동합니다.]
[스킬, '초재생(S+)'을 발동합니다.]

연신 부서지고 회복되는 과정이었다. 그리고 공격에 앞서 강서준은 어렴풋이 과거의 한 기억을 떠올렸다.

'나는 그때 분명…… 하늘을 베었다.'

리카온 제국으로 게이트를 넘던 데칼을 향해 날린 공격.

사실 그 일격은 터무니없다.

0115 채널에서 날린 공격이, 0116 채널에 있는 데칼에게 닿은 셈이니까.

'태산 가르기'나 '필사의 참격'이 아무리 대단해도, 이는 어딘가 설명이 부족했다.

즉 거기엔 무언가가 숨어 있다.

'천(天)'의 묘리.

고정된 물체를 가르는 힘을 '태산 가르기'라 하고, 유동적인 물체를 가르는 힘을 '바다 가르기'라 한다.

그렇다면 마지막으로 남은 '천'의 묘리인 '하늘 가르기'는 대체 무얼 뜻하는 걸까.

'하늘을 가른다는 건 형태가 없는 물질을 베는 것과 같아.'

그리고 데칼에게 닿았던 공격은 형태가 없던 물질을 넘어야만 가능한 일격이다.

여기서 강서준은 핵심을 알아차릴 수 있었다.

형태가 없는 물질……

한 달간의 수련 끝에 그는 결론에 다다라 있었다.

'공간.'

혹은 차원.

하늘을 가르는 첫 번째 묘리는 바로 '공간을 가르는 것'이다.

쿠구구구구구구구!

준비 과정부터 요란한 강서준의 일격은 창졸간에 휘둘러졌다.

빠르게 해왕에게 접근한 그의 검이 혜성처럼 긴 꼬리를 그리며 녀석의 몸을 베어 내고 있었다.

[스킬, '공절(S+)'을 발동합니다.]

동시에 그는 모든 힘이 소모됐다는 걸 깨달았다.

이전에 데칼에게 본능적으로 발현해 낸 '공절'은 게이트를 통해 얇아진 공간을 베어 냈을 따름이다.

하지만 지금처럼 멀쩡한 공간을 베어 낸다는 건, 그 자체로 현상을 비트는 행위였다.

어지간한 체력 소모로는 해낼 수 없는 기술!

아마 멜빈 황제는 이 기술을 만들고도 쉽게 사용하지도 못했을 것이다.

'이건 단발기니까.'

이른바 '필살기'였고, 전력을 다한 최선의 일격이다.

"……!"

한편 강서준은 옆에서 느껴지는 인기척에 눈을 동그랗게 뜰 수밖에 없었다.

분명 공간 자체를 베어 내는 힘으로 '해왕'을 벴다는 느낌은 선명했다. 그 타격감은 거짓이 아니었으니 그의 필살기는 먹혔다고 봐야 한다.

근데 정작 공격을 당한 당사자인 해왕은 별 대미지조차 없는 얼굴을 하고 있었다.

"굉장하군."

놈은 여전히 여유로운 얼굴이었다.

과연…… S급 몬스터는 다르단 걸까.

이놈을 상대하려면 전성기의 케이가 가진 모든 힘을 되찾기 전엔, 불가능한 일일지도 모르겠다.

강서준은 이를 악물었다.

'이게 안 통한다면…….'

강서준의 영혼이 푸른 불꽃을 일으키며 점차 불타오르기 시작했다. 아직 수단은 남았고 싸울 의지는 충분했다.

하지만.

"합격이다."

뭐?

반문할 틈도 없이 해왕의 몸은 신기루처럼 사라지기 시작했다. 녀석은 여전히 웃는 낮으로 강서준을 보며 말했다.

"내 몸에 진짜 대미지를 입힌 존재는 네가 처음이다. 굉장해. 고작 그 레벨에…… 그래. 너의 활약을 기대하지."

그 말을 끝으로 해왕은 사라졌고.

"……뭐야, 이게."

황당한 얼굴로 주변을 둘러보는 강서준의 시야엔 덩그러니 포탈만이 일렁이고 있었다.

츠츠츠츳!

빛이 소멸하고 한쪽에 켜졌던 모니터 하나가 산산조각이 났다.

가만히 이를 바라보던 한 남자가 울컥 피를 토해 내며, 잠시 몸을 비틀거렸다.

그는 입가에 흐른 피를 닦아 내며 나지막이 중얼거렸다.

"과연 새로운 도깨비의 왕인가."

그의 시선엔 다른 각도에서 촬영되는 한 영상이 있었다. 아마도 전 세계의 사람들이 관람하고 있을 한 해안가의 모습.

어리둥절한 얼굴로 서서히 포탈을 넘는 강서준의 모습이 담겨 있었다.

"케이, 너라면 정말 닿을 수도 있겠어."

그는 종전에 강서준이 날렸던 일격을 회상했다.

처음엔 어떻게 된 연유인지 '멜빈의 기술'을 따라 하기에 놀랐고, 그다음은 거기서 발현된 황당한 성능에 감탄했다.

"공간을 베어 내는 힘이라……."

공간 자체를 베어 내는 건 아무나 할 수 있는 게 아니다.

사실 멜빈조차 제대로 완성하지 못한 '미지의 기술'이었으니까.

애초에 이건 인간의 영역이 아니다.

"……한 방 먹었어."

그는 순순히 인정하기로 했다.

'분신'이 방심해서 당한 일이지만, 그 일격이 본체에도 영향을 줬으니 인정할 수밖에 없었다.

그는 나지막이 중얼거렸다.

"앞으로는 어떻게 되려나."

그의 눈앞엔 수많은 모니터가 펼쳐져 있었다. 지구 전역에서 시행 중인 동쪽 해변의 이벤트 영상!

그는 그 순간에도 수십 개의 영역에서 분신을 움직이고 있었다.

마지막으로 강서준을 다시 한번 눈여겨본 그는 씨익 웃으

상위 0.001%
랭커의 귀환

며 말했다.

"어디 한번 잘해 보거라. '몬스터 파크'는 이제 막 시작한 참이니."

❈

진백호는 침을 꼴깍 삼켰다.

아직도 눈에 선하기 때문이다.

'대체 뭘 어떻게 했길래 저 정도로 강해질 수 있었을까.'

강서준의 헬 난이도 테스트 영상.

바다를 가르는 터무니없는 행동부터 하늘을 누비며 각종 장애물을 넘나들던 모습.

끝내 '해왕'이란 몬스터를 쓰러트리는 장면까지 지워지지 않는 잔상처럼 계속 떠오르고 있었다.

진백호는 입술을 잘근 깨물었다.

'······나도 할 수 있을까?'

사람들은 말한다.

그에겐 누구도 가질 수 없는 '압도적인 재능'이 있다고.

이 재능만큼은 천외천의 그 누구도 따라갈 수 없을 거라고.

설령 케이조차도······.

'무한동력(無限動力).'

진백호는 외부의 마력을 자신의 힘처럼 사용할 수 있는 특이체질이었다.

그 덕인지 '불의 정령왕'과 '물의 정령왕'이 그의 몸에 귀속되었고, 이는 사실상 무한한 원료를 가진 채로 최강의 무기를 손에 쥔 셈이었다.

그의 스승인 켈조차 말했다.

「"넌 세상을 좌우할 힘이 있어."」

거듭된 훈련으로 자신의 힘에 더욱 적응한 진백호는 요즘 들어 그 말을 한껏 체감했다.

그의 힘은 무한하다.

말 그대로 외부의 마력을 끌어다 쓰는 기술이기 때문에, 그에게 마력의 한계란 있을 수 없다.

'그래. 나도 정신만 바짝 차리면…….'

진백호는 속으로 다짐하며 앞으로 나섰다.

강서준의 테스트는 끝났지만, 그의 테스트는 이제 막 시작한 참이었다.

잠시 부재했던 스승이 그에게 달라붙어서 주야장천 훈련시켰던 한 달의 시간.

그의 부족한 정신력을 견고하게 갈고닦기엔 충분한 시간이었다.

'나도…… 나도 강서준 님처럼!'

하지만 소심한 성격만큼은 어찌할 수 없었을까.

크콰카카카카칵!

출발선에 서자마자 눈앞으로 밀려오는 해일에, 진백호의 얼굴이 대번에 새하얗게 질렸다.

순식간에 의심도 자라났다.

'정말 내가 할 수 있을까?'

손이 덜덜 떨리고 안 그래도 뛰던 심장이 터질 듯이 쿵쾅거렸다. 화끈하게 달아오른 머리가 새빨간 홍시처럼 익고 있었다.

'나 따위가?'

"아…… 아아!"

긴장이 금세 몸을 억죄어 왔고, 눈앞이 빙글빙글 돌았다.

진백호는 해일이 그를 덮치기 직전까지 도통 정신을 차릴 수가 없었다.

―정신 차려!

돌연 그의 머리 위로 차가운 물이 확 쏟아진 건 그때였다.

진백호는 멍한 시선으로 한쪽을 바라봤다. 아쿠아가 앙칼진 얼굴을 하고 있었다.

―날 귀속시킨 주제에 물을 무서워해선 어쩌자는 거야?

진백호는 그를 덮치려던 해일이 허공에 멈춰 있다는 사실을 깨달았다. 아쿠아가 힘겹게 몸을 바들바들 떨며 말했다.

－더는 도와줄 수도 없어. 얼른!

그제야 진백호는 자신이 어디에 섰는지 알 수 있었다. 또한 머리를 가득 채우던 수많은 잡념도 미련 없이 털어 낼 수 있었다.

켈이 말하지 않았던가.

'할 수 있냐, 없냐'는 건 사실 중요하지 않다고. 정령사에게 있어 가장 필요한 생각은 오직 하고자 하는 의지라고.

'나도 강해지고 싶어.'

악몽 같은 천안의 나날에서 그를 구해 냈던 '그 사람'처럼.

포탈 던전에서 몬스터 웨이브를 거뜬히 견뎌 낸 수많은 '플레이어'처럼.

악마가 도래하고 세상이 무너질 것처럼 무자비한 침공 속에서도, 결코 물러서지 않던 '영웅'처럼.

진백호의 꿈은 옛적부터 하나였다.

'다신 현실에서 도망치고 싶지 않아.'

의지를 되새기고 정면을 똑바로 마주했다. 그러자 진백호의 시선에 닿은 해일은 순식간에 양쪽으로 갈라졌다.

새삼스럽지만 아쿠아의 퉁명스러운 말투가 둥둥 떠올랐다.

－그래. 네가 물을 무서워해서 어쩌자는 거야.

진백호는 '물의 정령왕'을 다루는 자였다.

그리고 물의 정령왕은 물에 한해서는 절대적인 힘을 발휘하는 존재.

바다는 그의 무대였고, 힘이었으며, 두려워할 대상조차 될
수 없다.

"후우우……."

호흡을 가다듬은 진백호가 천천히 앞으로 걸음을 옮겼다.

그가 한 걸음씩 내디딜 때마다 요동치던 바다가 거짓말같
이 잠잠해지고 있었다.

그는 표면장력을 일으켜 바다 위를 천천히 걸어 목적지를
향해 나아갔다.

'날 방해하지 마.'

서서히 형태를 바꿔 가며 벽을 세우려던 바다가 다시 아래
로 가라앉았다.

물줄기는 그에게 닿기도 전에 소멸했다.

그에겐 '무한동력'이 있고, 정신력만 버텨 준다면 이깟 바
다 정도야 지배할 수 있다.

주르륵…….

물론 아무런 대가가 없는 건 아니었다. 그의 코에서 주르
륵 피가 흘러나오고 있었다.

'할 수 있다.'

여태 분주하게 이 테스트를 넘으려던 수많은 사람이 억울
하게 탄식할 정도로 그는 간단하게 바다를 건널 수 있었다.

곧 그의 앞으로 '해왕'이 모습을 드러냈다.

-넌⋯⋯.

그의 기억대로라면 '해왕'은 강서준에 의해 소멸한 몬스터였지만, 크게 중요한 건 아니었다.

어차피 여긴 시스템의 공간이다.

몬스터가 리젠된들 이상하지 않다.

그보다 진백호는 호흡을 가다듬으며 정신력을 더욱 날카롭게 가공했다.

해왕도 그와 마찬가지로 바다를 다스리는 존재였으니, 쉽지 않은 싸움이 될 터였다.

'나도 강서준 님처럼!'

그의 목적지는 멀리 찬란하게 빛나는 별 같은 존재였다. 당장 눈앞에 있는 장애물 따위는 거기까지 닿는 과정에 불과하다.

그리고 언젠가 넘어야 할 산을 넘는 데에 두려움을 느낄 필요는 없을 것이다.

해왕은 진백호를 보며 턱을 잠시 쓸더니 말했다.

-무한동력이로군. 좋다. 통과다.

"⋯⋯네?"

진백호가 무어라 대답하기도 전에 해왕은 수면 아래로 사라졌다. 그의 앞으로 포탈이 고요하게 일렁일 뿐이었다.

강서준은 초조한 심정으로 영상을 집중해서 바라봤다. 같은 생각인지 켈도 두 손 꼭 모아 기도하듯 몰입하고 있었다.

아무래도 걱정이 된 것이다.

'한 달을 수련했다지만 그래도 아직 물가에 내놓은 아이 같으니…….'

하지만 기권이 있는 이벤트에서 크게 위험할 일은 없었다.

꽤 강해진 진백호는 그 정도는 해낼 아이였으니까.

게다가 일부러 그에게 공략 과정을 보여 주기 위해서 먼저 시험까지 치르질 않았던가.

여기까지 해 줬는데도 못 한다면, 진백호는 정말 가망이 없다고 봐야 할 것이다.

그리고 다행히 진백호는 순조롭게 테스트를 공략해 나갔다.

"크으으 역시! 누가 가르쳤는지 정말 잘하네!"

유난히 좋아하는 켈을 바라보며 강서준은 쓰게 웃었다. 이후로 '해왕'을 만나고 포탈까지 걸어가는 것도 볼 수 있었다.

여긴 좀 의외였다.

'주요 인물의 특혜라고 봐야 하나.'

솔직히 해왕이 저리 쉽게 진백호를 통과시킨 이유는 알지 못했다. 추측할 수 있는 건 오직 주요 인물이라는 진백호의 출신뿐.

'아니면 테스트 통과 조건이 아예 따로 있는지도 모르겠어.'

강서준도 해왕을 어찌하여 넘게 됐는지 이해하질 못하는 마당에, 진백호의 통과 이유를 알아차릴 리가 없었다.

게다가 굳이 신경 쓸 필요도 없다.

알아낼 방법이 없는 문제에 고민해 봐야 답은 없고, 무엇보다 진백호가 통과한다면 그보다 좋은 일은 없다.

'행운도 실력이라면 실력이야.'

츠츠츠츳!

한편 테스트 장소엔 파랑이가 새로 출전하고 있었다.

'실수하지 말아야 할 텐데.'

스펙은 이미 S급이지만 제어하는 수준이 아직 그보다 한참 못 미치는 아이였다.

어떻게 보면 진백호랑 비슷한 상태였는데…….

'어련히 잘 해내겠지.'

걱정은 되진 않았다.

앤 어지간해선 안 죽으니까.

실제로 그녀는 순조롭게 공략을 성공시키고 있었다. 물을 다루는 수룡답게 바다에선 그녀도 꽤 천하무적이었다.

결국 해왕에게 닿았고.

ㅡ통과다.

"오!"

너무나도 쉽게 합격 통보를 받았다.

"파파왕! 나도 해냈어!"

해맑게 웃으며 포탈을 건넌 파랑이를 보면서, 강서준은 짧게 혀를 찼다.

'대체 통과 조건이 뭐야?'

정말 알다가도 모를 테스트였다.

해왕의 개인 취향인가?

강서준은 고개를 절레절레 저으며 시선을 돌렸다. 진백호가 겨우 숨을 돌리며 기운을 차리고 있었다.

"그나저나 우린 어디로 가는 걸까요?"

진백호가 주변을 둘러보며 입을 열었다. 그의 시선을 따라 사방을 확인한 강서준은 어깨를 으쓱했다.

포탈 너머의 이곳은 안개만 뿌옇게 번져, 보이는 게 하나도 없었다.

그저 어딘가로 항해 중이라는 것만 알았다.

"'안개에 뒤덮인 해역'이라더군요. 저도 이곳이 어딘지는 잘 모르겠습니다."

다시 말하지만 이번 이벤트는 드림 사이드 1에서도 겪어 본 적이 없는 유형이다.

강서준은 흔들리는 뱃머리를 보며 말했다.

"어디든 긴장을 놓진 말아요."

"네."

그리고 여유는 잠시였다.

중세 시대에서나 볼 법한 커다란 나무배는, 금세 울렁이는 큰 파도를 만나 위아래로 롤러코스터를 타기 시작했다.

진백호가 당황한 얼굴로 말했다.

"······바다가 제 말을 안 들어요!"

해왕의 제어마저 빼앗던 진백호의 힘!

무한동력으로 바다 자체를 지배하던 그의 권능이 속수무책으로 통하질 않고 있었다.

'마력이 폭주하고 있어.'

강서준은 입술을 짓씹으며 일단 오가닉에게 진백호를 붙잡으라고 명을 내렸다.

파도가 점차 거세게 휘몰아치며 배 위로도 넘실거려 각종 물건들이 떠내려가고 있었다.

"일단 버텨요!"

강서준도 기둥을 붙들고 위아래로 요동치는 뱃머리를 바라봤다.

멀리 소용돌이가 휘몰아치고 사이클론도 곳곳에서 일어났다. 용케 배는 그 사이를 비집고 나아가는 와중이었다.

쿠구구구구궁!

하늘에선 벼락이 수십 갈래로 나뉘어 바다를 내리쳤다.

세상이 멸망할 것처럼 몰아치는 파도에 의해 배가 잠시 허

상위0.001%
랭커의귀환

공을 날기도 했다.

어느 순간 배가 뒤집히고, 원상 복구되며, 정신없는 시간
이 흘러갔다.

"커헉······!"

강서준은 오가닉의 손아귀에 붙잡혀 겨우 숨을 헐떡이는
진백호를 바라봤다.

방금 배가 뒤집혔을 때 자칫 진백호가 떠내려갈 뻔했다.

'진짜 개 같은 이유로 섭종당할 뻔했네.'

강서준은 폭풍우 너머를 바라보며 겨우 중심을 잡았다. 마
력은 점차 잔잔해지고 있었다.

"조금만 더 견뎌요!"

"······네!"

잔뜩 물먹어서 새파랗게 질린 진백호는 순간 정면을 응시
하고 저도 모르게 비명을 질렀다.

안개 속으로 거대한 무언가가 빠르게 스치듯 날아간 것이
다. 단순히 공포에 헛것을 본 건 아니었다.

'저건······.'

강서준도 똑같이 그걸 발견했고 잠시 눈살을 찌푸렸다.

그리고 옆에서 고롱이와 함께 기둥에 꼬리를 만 채로 꾸준
히 버틴 파랑이를 바라봤다.

'······우연일까?'

이 모든 일의 시작.

리루르크로 인해 파생된 '용'의 탄생······ 그리하여 망가진 밸런스가 지구를 위협하기에 벌어진 이벤트.

지구의 명운이 걸렸다는 샛별의 말도 강서준의 뇌리를 빠르게 스쳐 갔다.

어느 순간 그의 머리맡으로 햇살이 드리웠다.

"······허억!"

잠시 눈을 깜빡였을 뿐인데 그들은 어느덧 고요하게 잔잔한 바다를 항해하고 있었다.

종전의 폭풍이 가짜였던 것처럼.

고개를 돌려 후미를 바라보니 짙은 안개와 검은 먹구름 사이로 번개가 내리치는 게 보였다.

강서준은 고개를 들어 하늘을 올려다봤다.

"태풍의 눈······ 같은 건가?"

어쨌든 그들은 잔잔한 해역으로 돌입했고, 여태 아무것도 안 보이던 시야로 새로운 것들이 나타나 있었다.

"섬이네요."

섬의 중앙엔 커다란 화산이 있고, 그 아래로 대단위로 녹림이 우거진 형태였다.

해안가 근처는 암벽으로 둘러싸였으며 에메랄드빛 바닷물이 철썩이는 게 인상적이었다.

곧 시스템 메시지가 나타났다.

[곧 메인 이벤트인 '몬스터 파크'가 시작됩니다. 참가자들은 정해진 위치에서 대기하시기 바랍니다!]

배는 천천히 섬을 향해 나아갔다.

해안가엔 이미 도착한 배 여러 채가 있었다.

강서준은 그들이 '이지 난이도'와 '노말 난이도'를 통과한 플레이어란 걸 알 수 있었다.

근데 미간을 좁혀 그쪽을 바라보던 강서준은 고개를 갸웃할 수밖에 없었다.

"뭐지?"

플레이어들이 해안가에서 더는 안쪽으로 진입하지 못한 채 무언가와 대치하고 있었다.

'몬스터?'

강서준은 미간을 구겼다.

'종류도 되게 다양하군. 어떻게 된 일이지?'

신기한 건, 전혀 다른 종족이 뭉쳐 있는 주제에 서로 대립조차 하질 않고 있다는 점이었다.

게다가 놈들은 플레이어들을 앞두고 공격성을 보이질 않고 있었다.

'으음?'

문득 강서준은 소름 끼치는 기운을 느낄 수 있었다. 그 옆에서 진백호가 신음을 흘리며 그의 소맷자락을 쥐었다.

"가, 강서준 님……."

외부의 마력을 활용하는 '무한동력'의 소유자이기에, '류안'을 가진 강서준만큼이나 마력에 예민한 그였다.

진백호는 안개 너머에서 새로 등장한 배를 바라보며 몸을 사시나무처럼 떨고 있었다.

강서준도 그쪽을 응시하고 금세 눈살을 찌푸렸다.

"네가 왜 여기서 나와?"

돌연 모습을 드러낸 뱃머리엔 한 남자가 서 있었다. 강서준은 헛웃음을 지으며 말했다.

"마그리트."

[화룡의 해츨링 '마그리트(A)'가 당신을 바라봅니다.]

화룡 마그리트

화룡 마그리트.

A급 던전 '헤츨링의 무덤'에 거주하던 건방진 레드 드래곤.

강서준은 이놈과 악연이 깊었다.

'용아병 크록을 조종해서 서울을 전복시키려던 것도 이놈이었지.'

해서 녀석이 나타난 건 이상하지 않았다. 말했듯 크록을 통해 이미 그 존재를 드러낸 뒤니까.

따지고 보면 마족보다 먼저 서울에 야욕을 드러낸 녀석이었다. 새삼스럽게 놀랄 이유는 없었다.

그가 놀란 건 다른 쪽이다.

'본체가 현신했을 줄이야.'

마족이 계약자에게 영향을 줘 세상을 어지럽히듯, 용은 용 아병을 활용하여 그 영향력을 떨친다.

그게 드림 사이드 1에서의 방식.

해서 이번에도 A급 던전으로 들어가기 전엔 놈을 마주할 날은 없을 거라고 막연히 생각했다.

'그런데도 나타났다는 건…… 설마 이놈도 리루르크의 작품인가?'

리루르크는 정규 업데이트 이후에야 등장할 마족을, 훨씬 빨리 지구에 풀어놓았다.

비록 힘이 봉인당해 정규 업데이트 이전이나, 일정 조건을 달성하기 전엔 제힘도 쓸 수 없었지만.

중요한 건 나타나선 안 될 시기에 던전 밖을 돌아다녔다는 점이다.

'흐음…….'

곰곰이 고민하던 강서준은 이내 고개를 가로저었다.

녀석이 리루르크의 힘에 의해 현신한 놈이라면, 파리에서 벌어진 일에 가담하지 않을 이유가 없었다.

무려 용을 소환하던 일이 아니던가?

해츨링이 있었다면 마족보다 더 큰 도움이 되면 됐지, 안 될 수는 없는 일이다.

'그래. 이놈은 마족보다는…….'

강서준은 마그리트가 탑승한 배를 눈여겨봤다. 놈도 방금 폭풍을 헤치고 이 해역에 도달한 참이었다.

'……플레이어 같군.'

혹은 NPC.

강서준은 과거의 기억을 고스란히 간직한 NPC를 더러 만난 적이 있었다.

치트 같으면서 꽤 합법적인 존재들. 이놈은 아마 그쪽으로 분류해야 옳을 것이다.

'전생을 한 거로군.'

강서준은 쓰게 웃으며 켈을 돌아보았다.

백귀가 된 켈이 강서준에게 전생인에 대해 알려 준 정보가 있었고, 그에 따르면 드림 사이드에선 다음 채널로 기억을 보존하는 방식이 대략 두 개로 나뉘었다.

'전생과 전이.'

우선 '전생'은 레벨이 초기화되는 대신, 오픈 초기부터 게임에 개입할 수 있는 경우를 말한다.

즉 '플레이어'와 똑같은 조건에서 성장해야 하는 리스크를 감당해야만 한다.

'대다수의 컴퍼니가 이쪽이지.'

그리고 '전이'는 본래 레벨과 스텟을 유지하는 대신, 던전의 등급에 얽매여 출현 시기가 늦어지는 경우였다.

기억을 유지한 채 등장하는 극후반부의 보스급 몬스터들

이 대개 그랬다.

'마족은 그 중간쯤이었어.'

리루르크 덕에 전생을 전이처럼 한 녀석들. 놈들은 다른 전생자들처럼 레벨이 초기화되지도 않았다.

그저 시스템을 눈을 피하는 관리자의 꼼수로 그 힘이 봉인 됐을 뿐이다.

'전생을 했다라…….'

강서준은 뱃머리에 선 마그리트의 형상을 더더욱 눈여겨 봤다.

희게 탈색된 머리카락과 아름답게 조형된 얼굴.

강서준의 눈매는 더 가늘어졌다.

'머리 색깔은 왜 저러지?'

강서준의 시선이 고롱이의 옆에 가만히 서 있던 파랑이에 게 닿았다.

'자고로 용의 인간 형태는 각 속성을 고스란히 드러내는 법.'

수룡은 푸른 바다 빛깔의 머리색을 했고, 독룡은 녹색, 흑 룡은 검은색을 띤다.

여기서 화룡은 '붉은 계열'에 속한다. 즉 놈이 인간 형태를 했다면 화룡답게 '붉은 머리카락'이어야만 하는 것이다.

'근데 흰 머리군.'

재가 내려앉은 듯한 색깔이었다. 강서준은 결론을 내릴 수 있었다.

"아직 해츨링이라 이거지."

전생으로 레벨 1부터 시작했을 마그리트는, 마족들보다 그 힘을 되찾는 과정이 험난했을 것이다.

확실히 류안으로 봐도 녀석의 수준은 동급이어야 할 '마왕 쥬톤'과 비교해도 모자람이 더 컸다.

즉 신체 수준은 아직 '용'에 다다르질 못한 것이다.

'파랑이와 정반대인 거야.'

파랑이는 신체가 완성됐지만 기억이 전이되지 못한 경우였고, 마그리트는 기억은 온전해도 신체가 부족한 상태였다.

'플레이어로 비유하면 아직 전직하지 못한 상태라고도 하겠어.'

그때 뱃머리에 선 마그리트가 멀리 섬으로 시선을 던지더니 짜증 섞인 목소리를 냈다.

"쓰레기들이 많군."

그가 화룡이라는 유일한 증거처럼 두 눈동자엔 홍염(紅炎)이 일렁였다.

"관리자 놈…… 감히 신성한 축제를 이딴 저급한 문화로 만들어?"

다시 시선은 강서준에게 향했다.

"그전에 네놈."

일순 놈이 배를 박차고 날아올라, 강서준의 코앞에 다다랐다. 뽑아 든 검엔 화룡답게 강대한 불꽃이 휘감겨 있었다.

하지만.

[!]
['몬스터 파크' 내에선 'PVP'가 금지되어 있습니다. 참가자들은 이벤트에 집중하십시오.]

마그리트의 일격이 닿기도 전에 시스템은 방화벽을 만들어 냈다.

녀석은 애꿎은 허공만을 두드렸다.

"……이곳도 적용 범위인가."

짜증을 내며 뒤로 물러나려던 마그리트의 시선은 어느덧 뽑아 든 강서준의 단검에 닿았다.

놈의 눈에 금세 노기가 서리고, 금방이라도 씹어 먹을 듯한 기세로 성난 이빨을 드러냈다.

"건방진 인간 놈이 감히……."

강서준이 친히 뽑아 든 검은 '화룡 그랑의 어금니 단검'.

"네놈만큼은 곱게 죽이지 않을 것이다."

하지만 살벌한 엄포와 다르게, 놈은 당장 할 수 있는 게 아무것도 없었다.

배는 잔잔한 파도를 타고 순조롭게 연안으로 접어들었다.

이미 정박한 배 사이를 유유자적 가로지르더니 자동으로 닻까지 내려갔다.

그때에도 강서준은 옆 배에 선 마그리트에게서 시선을 뗄 수 없었다.

켈이 놈을 바라보며 중얼거렸다.

"설마 마그리트도 이벤트에 참여할 수 있을 줄은 몰랐어요."

강서준은 쓰게 웃으며 답했다.

"이벤트가 오직 플레이어만을 위해 개최된다고 한 적은 없잖아."

관리자는 플레이어를 관리하는 게 아니라, 0115 채널을 관리한다.

이런 혜택을 인간만 받으라는 법은 없었다.

밸런스 상승에 따른 질적 상승은, 몬스터에게도 해당된 얘기였으니까.

그리고 강서준의 시선은 다시 해역으로 향했다.

"어쩌면 마그리트만이 아닌지도 모르지."

"네?"

멀리 해역으로 대략 네 척의 배가 속속 모습을 드러냈다.

각 배마다 엄청난 기운을 뿜어내는 존재들이 이쪽을 가만히 응시하고 있었다.

켈이 바로 기함을 토했다.

"설마…… 전부 용입니까?"

"정확힌 해츨링들."

자고로 용은 전생하질 않는다.

그 오만한 녀석들이 레벨 1부터 시작한다는 건 있을 수 없는 일.

즉 저놈들은 하나같이, 진짜 용으로 성장하지 못한 어리숙한 몬스터들이다.

해츨링의 본래 힘마저 완전히 회복시키지 못한 '용 지망생'들…….

"지구 곳곳에 많이도 숨어 있었구나."

강서준은 짧게 혀를 차며 시선을 뗐다. 어쨌든 그들을 신경 쓸 때가 아니었다.

"생각보다 이벤트가 치열하겠어."

과연 샛별이 언급한 지구의 '명운'이 걸렸다는 말은 틀린 게 하나도 없었다.

이곳에서 어떤 수확을 거두어들이는가에 따라, 향후 지구의 주도권을 가질 존재가 누구인지 판가름 날 것이다.

강서준은 옆에서 계속 심호흡을 잇는 진백호를 향해 말했다.

"우리도 들어가죠. 용들에게 뒤처질 수는 없으니까."

"……네!"

두 사람은 배에서 뛰어내려 해안가에 모인 사람들을 향해 걸어갔다.

마그리트가 먼저 그 방향으로 날아갔지만 크게 걱정하진 않았다.

시스템이 PVP를 막고 있는 한, 놈들은 플레이어에게 어떠한 위해도 가할 수 없다.

그보다 강서준이 주목한 건, 섬에 진입하자마자 눈앞으로 생성된 시스템 메시지였다.

퀘스트 – 몬스터 파크

분류 : 이벤트

난이도 : ?

조건 : 당신은 몬스터를 사냥할 수 있습니다. 이곳에서의 경험치 획득량
은 특별히 1.7배 증가되었습니다. 최고의 헌터가 되길 기대하겠습
니다.

제한 시간 : 7일

보상 : ?

실패 시 : 없음

*상위 12위에겐 연계 퀘스트에 도전할 자격이 주어집니다. 관련된 내용
은 8일 차에 공개됩니다.

*몬스터를 사냥하면 포인트를 획득할 수 있습니다. 포인트는 섬 내에서
재화로 사용됩니다.

간단명료하게 정리하자면, 이 섬 자체가 경험치 보너스가 주어지는 특별한 사냥터란 얘기다.

그리고 몬스터를 잡을 때마다 포인트가 쌓이고, 이를 통해 순위를 매긴다는 것이다.

'근데 포인트가 재화로 쓰인다고?'

고개를 갸웃하던 강서준은 해안가에 있는 마을에서도 크게 '포인트 상점'이라 적힌 건물을 발견할 수 있었다.

'정말 대차게도 퍼 주네.'

진백호를 끌고 포인트 상점에 다다른 강서준은 그 내역을 보며 더욱 헛웃음을 지었다.

생각보다 물건의 질이 좋았다.

'가격은 더럽게 비싸지만…… 인내자의 망토부터 오르칸의 대검, 길모아의 망치. 심지어 스텟까지 팔잖아?'

이걸 볼 지상수가 혈압이 올라 뒷목을 잡을 게 뻔히 상상됐다.

그도 그럴 것이다.

경매로만 팔리던 귀하디 귀하던 아이템이 쉽게 풀려 버리는 셈이니까.

'아이템의 판도가 바뀌겠어.'

하지만 강서준은 쓰게 웃으며 포인트 상점을 일별했다. 이게 뭐든 포인트부터 모으는 게 우선이었다.

해서 다음으로 향할 곳은 뻔했다.

사람들이 여러 몬스터들과 기묘한 대치점을 이룬 장소.

마그리트는 느긋하게 그 사이를 가로지르고 있었다.

"어? 어어? 당신 거기 위험해!"

누군가가 그렇게 외쳤지만 마그리트는 대꾸도 없이 그저 걸음을 옮길 뿐이다.

곧 녀석이 몬스터 무리로 다가가자, 마치 홍해가 갈라지듯 몬스터들이 양옆으로 흩어졌다.

소리친 게 무색할 정도였다.

"어라?"

마그리트가 몬스터 사이로 사라지고, 사람들 눈에는 의문이 자라났다.

"쟤네 그냥 페이크였나? 그냥 지나갈 수 있는 거 아니야?"

일리 있는 의견이었을까.

누군가가 용감하게 앞으로 나서 몬스터에게 향했다. 하지만 마그리트에겐 반응조차 없던 놈들이 일제히 으르렁대며 위협을 가해 왔다.

조금이라도 다가온다면 씹어 먹겠다는 강렬한 시선에 사람들이 부르르 몸을 떨었다.

강서준은 그 반응을 넌지시 살폈다.

'몬스터들보다 사람들의 레벨이 너무 낮아. 하드 난이도 통과자가 거의 없어서 그런가?'

한국을 제외한 다른 국가의 플레이어들도 하드 난이도 통과자는 몇 보이지도 않았다.

즉 이곳에 있는 이들은 대개 노말과 그 아래인 이지 난이도 통과자들.

'잠깐, 그러면 폭풍은 어떻게 뚫고 온 거지?'

과연 '이지 난이도'와 '노말 난이도'의 통과자들이, 그 거친 폭풍을 뚫고 온다는 게 말이 될까?

진백호조차 휩쓸릴 뻔한 위험한 바다였다.

그리고 의문은 생각보다 쉽게 풀렸다.

"강서준 님?

사람들 사이에서 의외의 인물이 나타난 것이다.

"연희연 씨."

부산의 힐러, 성녀의 자질을 가진 그녀가 그곳에 있었다.

"지금 오신 건가요?"

"네, 뭐……."

"아까보다 폭풍이 훨씬 심해졌던데, 괜찮아 보이시니 다행이네요."

세상이 뒤집히더라도 멀쩡할 자신이 있었지만, 연희연은 순수하게 강서준은 걱정하는 눈치였다.

과연 '힐러'로 성장했고, 원래 간호사였던 그녀는 남을 걱정하는 게 버릇이라도 된 걸까.

'그나저나 폭풍이 심해졌다고?'

그 행간을 읽자면, 그들이 이곳에 들어올 때는 폭풍이 지금 같질 않았다는 걸 말한다.

'그래서 이지 난이도부터 테스트가 진행된 거로군.'

한편 연희연의 말을 들었을까.

"케이?"

"케이다!"

슬슬 강서준을 보고 알아차린 사람들이 나타나고 있었다.

전 세계에서 여러 사람이 모인 장소였지만, 국적을 불문하고 그를 몰라보는 사람은 없었다.

최근에 프랑스에서 안면을 익힌 켈의 동료 '로니'도 그중 하나였다.

그는 용케 하드 난이도를 통과한 모양인데.

"프랑스의 국격은 로니, 네가 다 살렸다."

하드 난이도 통과자가 0명인 한국과는 대단히 대조적이었다.

로니는 머리를 긁적이며 말했다.

"뭘요. 대신 우린 헬 난이도 통과자가 단 한 명도 없는걸요."

"……."

"그보다 켈 님. 저것들 굉장히 문제입니다."

벙어리가 된 켈을 뒤로하고 로니는 빠르게 상황을 전달해 줬다.

"저놈들 공격이 안 통해요."

"……숫자는 많지만 그다지 강한 놈은 없는데?"

"강하고 약한 문제가 아닙니다."

로니는 한숨을 내쉬더니 말했다.

"공격을 할 때면 시스템이 막아요. 그 덕에 녀석들도 우릴 함부로 공격하진 못하겠지만…… 이대로면."

강서준은 문제를 빠르게 파악할 수 있었다. 요점은 저 몬스터들도 이번 몬스터 파크의 '참가자'라는 사실이었다.

'마그리트 놈의 부하인가.'

모르긴 몰라도 이렇게 몬스터들로 벽을 세워 플레이어들의 진입을 막으려는 게 목적인 듯했다.

'좀생이 같은 짓은 여전하군.'

강서준은 혀를 차며 앞으로 나섰다. 시작부터 자잘한 일에 발목을 묶일 생각은 없었다.

마그리트의 꼼수는 단순했다.

몬스터라 해도 '참가자'의 입장이라면 'PVP 불가 판정'으로 시스템에 의해 보호받는다.

이를 이용하면 결코 부술 수 없는 생체 벽이 생겨나고, 이걸로 플레이어들을 마을에 묶어 둘 수 있는 것이다.

지능이 없는 몬스터들이었으니 사용할 수 있는 방법이었고, 가히 마그리트가 떠올릴 법한 얄팍한 작전이었다.

강서준은 짧게 혀를 찼다.

답은 간단했다.

'힘으로 밀어 버리면 그만.'

시스템이 대미지를 막아 준다고는 하나, 그 충격을 아예 0으로 만드는 건 아니다.

일전에 마그리트가 그를 공격했을 때도, 직접적인 대미지는 없었지만 휘둘러진 공격에 대한 충격까지 완전히 무효화시키진 못했다.

즉 직접적인 대미지를 주진 못해도, 간접적인 피해를 입힐 수는 있다.

'죽일 필요도 없어. 입구만 넓히면 돼.'

마침 강서준에게도 '영혼 부대'가 있고, 몬스터를 밀어낼 완력도 충분했다.

그렇게 강서준이 앞서 영혼 부대를 소환하려고 할 때였다.

그의 시야에 파랑이가 걸렸다.

'잠깐…… 내가 나설 필요가 있을까?'

몬스터들이 마그리트의 명에 따르는 이유는 두 가지일 것이다.

하나는 해당 스킬이나 관련된 아이템을 가졌을 경우.

강서준이 도깨비나 영혼 부대를 다루는 것과 비슷한 상황이라 볼 수 있다.

[스킬, '류안(S)'을 발동합니다.]

하지만 저 많은 몬스터 무리 중 그 어떤 놈도 마그리트와 연결된 흐름을 가지질 못했다.

이는 귀속되지 않았다는 걸 말하는데.

'높은 확률로 두 번째 경우겠네.'

녀석이 '해츨링'이기 때문에.

'용의 종족값은 최상위 수준이니까.'

즉, 공포에 질린 몬스터들은 부득이하게 용의 명령을 따를 수밖에 없는 것이다.

강서준은 묘안을 떠올려 봤다.

'그렇다면 고롱이나 파랑이도 몬스터를 부릴 수 있지 않으려나?'

물론 고롱이는 안 될 것이다.

녀석이 먹은 '흑룡'은 도깨비보주로 인해 탄생한 '가짜'였고, 버그로 점철된 아주 특수한 형태였다.

즉 '영혼'은 없는 '껍데기'.

진짜 용의 영혼을 섭취하지 못한 고롱이는, 결국 그 권능을 사용하는 데 있어 제약이 생길 수밖에 없다.

하지만 파랑이는 어떤가.

비록 용의 영혼이 온전히 전달되진 못했지만, 실낱같은 양이라도 닿아서 탄생한 아이였다.

'파랑이의 스펙만큼은 마그리트보다 높아. 어쩌면 마그리트의 명령을 초기화시킬 수 있을지도…….'

고민은 길게 이어지지 않았다.

'밑져야 본전이야.'

파랑이가 해내면 이득이고, 아니면 그의 영혼 부대로 밀어 버리면 될 일이다.

강서준은 파랑이에게 은근한 어조로 귓속말을 넣어 줬다.

"저 몬스터들만 멀리 치워 주면 스마트폰을 1시간 동안 빌려줄게."

"……어떻게 하면 돼요?"

"일단 뭐든 해 봐."

잠시 고개를 주억거린 파랑이는 보무도 당당하게 앞으로 나섰다. 그녀는 무얼 할지 고민하더니 대뜸 가까이에 선 오크를 향해 말했다.

"비켜."

하지만 보는 사람이 무안해질 정도로 몬스터 중 그 누구도 파랑이에게 관심을 가지질 않았다.

느닷없이 앞으로 나와 몬스터에게 말을 거는 파랑이를 보고, 다른 플레이어들이 의문을 가질 뿐이다.

"누구지? 어린아이가 왜?"

"와, 인형 같아."

"어떻게 저런 머릿결이……."

사람들의 말마따나 인간 형태로 변한 파랑이, 즉 '용'은 대개 외견부터 아름답다.

대략 10살 정도로 보이는 파랑이는 거진 아역 배우라고 해
도 어색하지 않았다. 솔직히 귀여움만 따지자면 강서준도 인
정할 수밖에 없었다.

'저 정도면 치사량이지.'

"……이익!"

다만 파랑이는 다른 사람들의 말 따위는 중요하지 않았다.

오직 몬스터들이 명령을 따르질 않아 분통이 터질 뿐이다.

그건 용의 자존심을 건드리는 문제. 제아무리 어린 외관을
가졌다 해도 파랑이의 본질은 용이니, 감히 몬스터들이 말을
안 듣는 게…….

"포로로 봐야 한다고!"

그때였다.

파랑이의 분노가 하늘을 찌른 건지, 그도 아니면 스마트폰
을 되찾아야 한다는 열망이 강한 건지.

파랑이가 본능적으로 스킬을 발동했다.

[‘수룡 파랑이(S)’가 스킬. ‘드래곤 피어(S)’를 발동합니다.]

파랑이의 외침은 순식간에 사방으로 퍼지고, 몬스터 무리
에 고스란히 떨어졌다.

이는 생각보다 훨씬 파격적이었다.

-우, 우어어…… 우어어어!

몬스터들이 일제히 기겁하며 몸을 떨었고, 그보다 수준 낮은 녀석들은 그대로 거품 물고 기절까지 해 버린 것이다.

─비켜!

종전에 했던 단어였지만 결과는 달랐다. 몬스터들이 부리나케 그 자리를 벗어나 도망치기 시작한 것이다.

강서준은 쓰게 웃으며 파랑이의 뒷모습을 바라봤다.

'용은 용이라 이건가.'

지상 최강의 종족이라는 그 특성이 어디 가진 않는다.

사실상 그녀의 등급이 S로 고정된 것만큼 그 수준은 이미 어지간한 해츨링도 비교하지 못할 것이다.

그보다 강서준은 그의 뒤편에 선 사람들을 신경 써야 했다.

'근데 아직은 많이 미숙하네.'

종전에 파랑이가 사용한 '드래곤 피어'는 몬스터가 아닌 사람에게도 영향을 준 모양이다.

대부분의 이지 난이도 통과자들이 제대로 숨도 못 쉬고 사지를 떨며 괴로워했으니까.

'피아를 구분하는 법을 배워야 해.'

스펙은 초월적이나 이를 다루는 기술적인 역량이 너무나도 부족한 아이였다.

각별한 관심이 필요한 나이니, 가능한 한 힘을 억제하는 게 최선이다.

"……그래도 잘했다."

강서준은 파랑이의 머리를 쓰다듬으며 스마트폰을 건넸다. 파랑이도 그 나이 때의 아이처럼 해맑게 웃을 따름이다.

"딱 1시간이야."

"파파왕…… 너무 째째해."

잠시 풀이 죽었지만 시간이 금이라며, 일단 저장된 포로로 영상부터 검색하는 파랑이였다.

❦

첫날.

마그리트의 꼼수를 무력화시킨 강서준은 전투는 최소화하고, 우선 섬부터 빠르게 수색하기로 했다.

이유는 간단했다.

'착각하기 쉽지만 몬스터 파크는 단순히 몬스터를 빨리 잡는 게 전부가 아니야.'

넓은 부지를 가진 섬은 대충 둘러봐도 다양한 몬스터가 서식하고 있었다.

또한 각 몬스터마다 주어지는 포인트의 양은 천차만별.

단순히 대량의 몬스터를 몰이사냥한들, 포인트를 대량 수집할 수 있는 구조가 아니었다.

'게다가 레벨에 따른 한계도 있지.'

강서준과 같은 고렙의 플레이어가 저렙의 몬스터를 사냥

할 경우, 포인트가 얼마나 주어질까.

잠시 영혼 부대로 인근 지역을 휩쓸어 볼까, 하는 생각도 잠깐의 사냥으로 접어야 했다.

'레벨 차이가 크면 아예 포인트도 안 주네.'

즉 본인 수준에 맞는 사냥터를 찾아, 가능한 한 많은 포인트를 주는 몬스터를 잡는 게 핵심이었다.

그게 제대로 된 몬스터 파크의 공략법이라 할 것이다.

'내가 갈 수 있는 사냥터는…….'

강서준은 사냥터의 곳곳을 둘러봤다.

이제 보니 자격 테스트의 결과는 플레이어가 진입할 수 있는 사냥터를 구분하는 데 쓰이고 있었다.

'이지 난이도는 마을 바로 앞 들판까지, 노말은 그다음 지역인 숲까지.'

하드 난이도는 인근 해역이나 이 섬에 존재하는 여러 던전도 진입할 자격이 있었다.

그리고 헬 난이도는 아예 제한이 없는 편이었다.

"크게 보면 화산, 협곡, 던전인가."

하루 만에 섬 전체를 둘러볼 순 없지만, 열심히 발품을 팔아 얻어 낸 정보였다.

그나마 위의 세 곳이 그가 포인트를 수집하기엔 최적의 장소.

몬스터의 숫자도 숫자거니와, 사냥하기에 적합한 환경과

그 수준도 딱 적당했다.

시험 삼아 1시간씩 사냥해 보니 모이는 포인트의 양도 상당한 수준이었다.

경쟁자가 없던 것도 한몫하고 있었다.

'가끔 해츨링을 만나긴 했지만.'

놈들도 몬스터를 사냥하는 데에 여념이 없었다. 게다가 PVP 제한은 이 섬을 어느 곳을 가더라도 적용되기에, 뭘 더 하지도 못한다.

결국 암묵적으로 그들은 서로를 보기만 할 뿐, 굳이 시비를 걸진 않았다.

[1일 차 몬스터 파크가 종료되었습니다!]

그리고 정확히 다음 날 일출 시각.

〈몬스터 파크 현황판〉

1위. 마그리트 (1,821pt)

2위. 도로모로 (1,751pt)

3위. 알랑가르트 (1,736pt)

……

……

10위. 강서준 (991pt)

각 플레이어의 시야로 이런 현황판이 제공됐다. 현재 몬스터 파크의 순위가 고스란히 나타난 것이다.

강서준은 마그리트의 포인트를 눈여겨봤다.

"딱 두 배 차이네."

생각보다 녀석이 분발했는지 당황스러운 결과였지만, 조바심을 가지진 않기로 했다.

⊰⊱

이벤트의 이틀 차는, 전날보다 더 많은 숫자의 인파가 마을로 도착할 수 있었다.

첫날의 도전에서 실패한 사람들이 각 분석을 통해 최적의 공략법을 찾아냈기 때문이다.

그중 강서준은 하드 난이도 통과자에 주목했다.

아무래도 각국의 플레이어 중에서도 '리더' 격에 해당하는 이들이 거기에 속했던 것이다.

한국에선 김강렬 부대 전원이나, 오대수, 공지원 등의 인물이 대거 포함되어 있었다.

의외는 이쪽이었는데.

"강서준 씨!"

김훈부터 링링, 최하나…… 어제만 해도 헬 난이도를 골랐던 이들이 전부 하드로 넘어온 것이다.

"헬 난이도는 어쩌고?"

"……해왕을 어떻게 뚫어요."

강서준은 쓰게 웃으며 고개를 주억거렸다. 그들의 말마따나 '해왕'은 어지간한 실력으로는 통과할 수 없는 미친 난이도다.

진백호나 파랑이가 예외였는데, 그들만을 보고 일반화할 수도 없었다.

'주요 인물과 용이니까.'

실제 별다를 게 없는 인간인 강서준은 진짜 죽을힘을 다해서 넘을 수 있었다.

어지간해선 결국 헬 난이도는 말 그대로 지옥의 난이도라 할 수 있는 것이다.

링링은 대뜸 입을 열었다.

"마그리트는 어떻게 된 거야?"

"응?"

"현황판에서 봤어. 대체 뭐야?"

몬스터 파크의 현황판은 이벤트 지역 이외에도, 지구 전역의 플레이어들에게 똑같이 공유됐다.

과연 링링을 비롯한 천외천이 마그리트라는 이름을 모를까.

그들이 부득이하게 하드 난이도를 고른 데에는, 그 이름도 크게 한몫하고 있었다.

"보아하니 해츨링 이름들이던데."

"맞아. 여기에 놈들이 있어."

강서준은 일행에게 자초지종을 간결하게 설명해 줬다. 하루 뒤늦게 시작하는 만큼 꿀팁도 몇 개 알려 주면 좋을 것이다.

"하드 난이도로 들어왔다고 해도 헬 난이도로 진입하지 못하는 건 아니야. 다만 조건이 필요해."

조건은 오직 몬스터 파크의 최대 재화인 '포인트'.

상점에서 헬 난이도의 자격을 구매하면, 하드 난이도로 입장했다고 해도 헬 난이도 사냥터에 들어갈 수 있었다.

'더럽게 비싸겠지만.'

그것부터 일단 손해를 보는 일이지만, 헬 난이도로 사냥터를 넓히는 게 장기적으로 훨씬 좋았다.

어차피 링링 같은 초고렙 플레이어들은 하드 난이도 사냥터에선 재미 보긴 글렀다. 필연적으로 자격은 올려야만 할 것이다.

문득 강서준은 일행을 돌아보다 한 가지 의문을 떠올릴 수 있었다.

"나도석 씨는?"

"헬 난이도 진행 중."

"뭐?"

"정면 승부를 피하는 건 도리가 아니라던데."

"아……."

나도석다운 패기 넘치는 행동이었지만, 시간이 흘러도 폭풍 너머로 배가 나타나질 않는 걸 보아 도전은 실패로 돌아간 모양이었다.

'해왕은 쉽지 않으니까.'

강서준은 어깨를 으쓱이며 그에 대한 생각은 일단 접어 두기로 했다.

그의 고집을 누가 꺾을까.

심신일체인 그가 그리 결정했다면, 반드시 해내야 하는 일이었다.

"근데 넌 사냥 안 나가고 뭐 해?"

"응?"

"어제 등수도 낮던데. 오늘 더욱 박차를 가해야 하는 거 아니야? 또 마그리트에게 지면 쪽팔려서 어떻게 다니려고 그래?"

링링의 말에 강서준은 샐쭉한 얼굴을 했다. 안 그래도 속 쓰린 일인데, 대놓고 염장을 질러 대니 뭐라 할 말도 없었다.

"신경 꺼. 다 작전인 거니까."

"작전?"

"그래. 다 때가 있는 거라고."

몬스터 파크의 2일 차. 강서준의 진짜 공략은 여기서부터 시작될 것이다.

강서준의 공략법

석양이 수평선에 가라앉고 어두운 그림자가 섬을 통째로 집어삼킬 즈음이었다.

강서준은 들판을 가로지르며 들려오는 켈의 목소리를 듣고 있었다.

"제가 백귀가 된 지 오래되진 않았지만 하나는 알겠어요."

"뭘?"

"당신이 얼마나 무모한지요."

어느덧 산의 중턱에 다다른 강서준은 주변을 둘러봤다.

하드 난이도의 사냥터.

사방에서 늑대의 울음이 들리고, 강렬한 맹수들이 붉은 눈을 번쩍이는 땅이었다.

고작 '하드 난이도'라 하기엔 무시할 수 없는 강대한 기운
이 느껴지고 있었다.

'밤 버프가 적용되니 역시 위협적이야.'

물론 그 수준은 A급 던전엔 못 미치는 수준이다. 기껏해
야 B급의 최상단에 걸린 정도?

한 달의 수련으로 이미 성장한 강서준에겐 크게 부담도 느
껴지지 않을 곳이었다.

그리고 켈이 강서준을 무모하다고 표현한 이유는 이곳 때
문이 아니었다.

강서준은 산 중턱 너머의 정상을 올려다봤다.

'화산.'

어그로가 끌리는 몬스터를 모두 가뿐히 뛰어넘은 강서준
은 가파른 언덕도 마주할 수 있었다.

슬슬 깎아지른 절벽지대였다.

초상비를 발동하면 암벽 등반이야 어려울 것도 없겠지만,
여기서부턴 진짜 긴장해야 할 것이다.

화산은 '헬 난이도'의 영역이니까.

'최소 A급 던전의 몬스터.'

못해도 '공허의 저편'이나 '해츨링의 요람'에 나타날 몬스
터들이 서식할 땅이다.

게다가 '밤 버프'도 적용됐다.

단신으로 진입하기엔 목숨 하나로도 부족할 것이다.

무모를 언급할 이유는 충분했다.

"그래서 가는 거야."

드림 사이드는 리스크를 감당할수록 그에 걸맞은 보상이 주어진다.

동 레벨의 몬스터를 사냥하더라도 밤에 잡으면 쥐여 주는 경험치는 보너스되기 마련.

이번 이벤트의 몬스터도 '밤'에 사냥할수록 더 많은 경험치와 포인트가 주어지는 특성을 가졌다.

위험을 감당한 대가다.

"그간 아무리 강해졌다고 해도 말이죠. 케이, 당신은 아직 과거의 힘을 온전히 되찾은 건 아닙니다."

강서준은 고개를 주억거리며 절벽 곳곳에서 드드득 몸을 일으키는 골렘을 발견했다.

붉은 빛이 감도는 '레드 스톤 골렘'.

기본적으로 신체가 돌로 구성된 만큼 방어력도 높고, 화산의 몬스터답게 화속성 마정석 특징까지 갖고 있는 여러모로 귀찮은 놈이었다.

삐이이익!

문득 용의 형태로 변한 파랑이가 울음을 내질렀다.

얼추 대형견 정도의 크기였는데, 녀석은 레드 스톤 골렘을 향해 브레스라도 내뿜을 기세였다.

'수룡'이니 확실히 대미지는 클 것이다.

신체적 특성만큼은 완벽한 그녀였으니, 전투에도 굉장한 도움이 될 게 빤한 일.

　하지만 강서준은 날아오르려던 파랑이의 꼬리를 단숨에 움켜쥐었다.

　"나서지 마."

　―……왜?

　"내 것이니까."

　의욕이 대단하던 파랑이를 뒤로하고 강서준은 빠르게 레드 스톤 골렘에게 접근했다.

　아마 상성은 꽤 안 좋다.

　재앙의 유성검의 가장 큰 힘인 '흡혈'도 통하지 않고, 그의 유일한 마법인 '파이어볼'도 써먹긴 애매한 몬스터였다.

　화속성 마정석으로 구성된 놈을 파이어볼로 때려 봤자, 마력이나 충전해 주는 꼴일 터였다.

　'일단 블러드 석션은 나에게 집중시키고…….'

　순식간에 빠져나간 대량의 피로 인해 빈혈이 일었지만, 금세 정신을 차릴 수 있었다.

　강서준은 호흡을 가다듬으며 레드 스톤 골렘이 창졸간에 휘두른 주먹을 피해 냈다.

　[스킬, '류안(S)'을 발동합니다.]

녀석의 몸에서 가장 불길이 뜨겁게 일어나는 부위가 있었다.

강서준은 망설임 없이 놈의 오른쪽 다리를 향해 '태산 가르기'를 휘둘렀다.

스거어억!

일격에 바위가 양단됐고, 내장된 레드 스톤 골렘의 핵마저 두 동강이 났다.

동시에 녀석의 핵이 폭발했지만, '초재생'이 있는 강서준은 그저 불길 속에서 호흡을 참을 뿐이다.

[이벤트 몬스터 '레드 스톤 골렘(A)'을 처치했습니다.]
[레벨이 올랐습니다.]
[레벨이 올랐습니다.]
[포인트 '92pt'를 습득했습니다.]

역시 밤에 온 보람이 있다.

한 마리를 잡았을 뿐인데도 레벨만 무려 2나 올라갔다.

이벤트 경험치 버프까지 더해져서 생각보다 훨씬 많은 양의 경험치를 가져갈 수 있는 것이다.

'다음은…….'

이번엔 하늘에서 켄타우로스가 위협적으로 포효하며 그에게 하강하고 있었다.

종전의 전투에 어그로가 끌린 모양.

키아아악!

다리는 동물이고 위는 인간인 놈이, 포악한 성질을 드러내며 능숙하게 인간의 언어를 입에 담았다.

- 인간…… 여기가 감히 어디라!

하지만 강서준은 녀석의 말을 잘라먹으며 빠르게 공중으로 뛰어올랐다.

그의 검격은 놈의 어깨를 베었고, 가까스로 피한 녀석이 사납게 얼굴을 일그러트렸다.

- 죽여 주마아아아!

하나 허공을 선회한 강서준의 손엔 이미 단검이 없었다.

[스킬, '이기어검술(C+)'을 발동합니다.]

어느덧 재앙의 유성검은 녀석의 복부를 향해 날아가고 있었으니까.

- 이까짓 거!

녀석이 빠르게 반응해 복부의 단검을 막아 냈다. 과연 A급 몬스터다운 능력이었다. 생각보다 훨씬 간단하게 재앙의 유성검이 튕겨 나왔다.

- 흐음…….

강서준은 개의치 않기로 했다.

아직 이기어검술은 C급의 등급이었으니 성공할 확률이 더 낮다. 밤 버프로 위력마저 적용된 놈들을 파고들기엔 여전히 미약한 힘이었다.

하지만 이미 작전은 성공이었다.

'한 번 베였으니 경계할 수밖에 없겠지. 재앙의 유성검은 일종의 덫이니까.'

지능을 가진 놈들과의 전투는 까다로운 법이지만, 반대로 그 때문에 쉬워질 수도 있다.

바로 지금처럼.

-크아아아악!

놈이 재앙의 유성검이 날아오는 복부에 신경을 쓴 사이, 강서준은 놈의 날개에 '그랑의 어금니 단검'을 꽂아 넣을 수 있었으니까.

쿠우우우웅!

결국 녀석은 급경사를 이룬 언덕의 한쪽으로 추락했고, 강서준은 공중제비를 돌며 가볍게 바닥에 착지했다.

"……케이. 또 옵니다."

쉴 틈은 없었다.

이미 또 다른 몬스터가 그를 향해 달려들고 있는 와중이었다.

한 놈도 아니다.

이번엔 도합 다섯이나 되는 A급 몬스터가 이쪽으로 어그로가 끌린 것이다.

그 숫자는 자꾸 늘어났다.

'많기도 하네.'

짧게 혀를 찬 강서준은 곧바로 몬스터 무리를 향해 달려들었다.

경험치를 온전히 그 혼자 독식하기 위해서, 백귀나 영혼 부대를 쓰지도 않았다.

"정말 무모하다니까……."

켈의 말마따나 이건 무모한 짓이다.

밤 버프로 강화된 A급 던전의 몬스터는 하나만으로도 감당하기 어려운 괴물들.

아마 한 번의 실수는 큰 비극으로 이어질 것이다.

그는 아직 과거의 힘을 되찾질 못했고, 현재의 그는 매 순간이 위기였으니까.

실제로 몇 번이나 '위기 감지'가 머릿속에서 알람처럼 울려 댔다.

하지만 몰려드는 몬스터를 보고도 그는 그저 묵묵히 검을 휘두를 따름이었다.

'위기는 곧 기회다.'

놈들이 아무리 강해도 한 대도 맞질 않는다면 대미지는 0이다.

위기라고?

그 또한 돌파하면 될 일.

'언제까지 위험하단 이유로 피할 수는 없어.'

일전에 두 개의 선택지를 두고 동시에 위기 감지가 발동한 적이 있었다.

이러지도 저러지도 못할 양자택일.

강서준은 새롭게 생성된 레드 스톤 골렘의 핵을 양단하며 상념을 접어 버렸다.

'어느 쪽을 고르든 위험하다면 결국 견디고 이겨 내는 수밖에 없는 거야.'

게다가 리스크를 감당해야만 얻을 수 있는 보상도 있는 법이다.

강서준은 기세를 올려 몬스터 사이를 누비고 다녔다.

목숨이 위험해도 그의 생각은 단순했다.

'노다지로군.'

쌓이는 경험치와 포인트양은 위기를 감당해 낸 만큼의 보상으로 톡톡히 돌아오고 있었다.

이것이 그가 생각해 낸 '몬스터 파크'의 공략법이었다.

"뭐, 진짜는 이제부터겠지."

강서준은 어깨를 으쓱이며 슬슬 몬스터들이 그에게 접근하질 않는다는 사실을 깨달았다.

목적지에 다다랐던 것이다.

'이곳이로군.'

그가 고작 '야간 사냥'만을 위하여 지난 하루를 낭비했을
까.

강서준이 알아낸 '몬스터 파크'의 가장 효율적인 공략법
은…… 위기를 동반하되, 최고의 보상을 쥐여 줄 몬스터를
사냥하는 것이다.

'이곳에 보스 몬스터가 있어.'

수많은 몬스터 무리를 뒤로하고 강서준이 도달한 장소는
화산의 정상인 '분화구'였다.

키아아아앗!

마그마 속에서 레비아탄 한 마리가 유유자적 헤엄치는 게
보였다.

용과 비슷한 생김새지만, 오직 육체적 성장만을 이룩한
'이무기'의 최종 진화 형태.

"네가 이 화산의 주인이냐?"

레비아탄은 대포처럼 마그마 덩어리를 쏘아 내는 것으로
대답을 대신했다.

강서준은 바로 거리를 가늠하며 가지고 있는 모든 패시브
스킬을 발동시켰다.

[반룡 몬스터 '레비아탄(A)'이 당신을 향해 위협적으로 포효합니다.]

아쉽게도 '보스 몬스터'는 아니었지만, 놈도 A급 던전의

중간 보스 격에 해당한다.

무시할 수준은 결코 아니었다.

쿠웅! 쿠우웅! 쿠우우우웅!

레비아탄의 공격 속도는 계속 빨라졌다. 이대로면 놈이 쏘
아 낸 '마그마볼'이 정상의 땅을 모조리 용암으로 뒤덮을 기
세였다.

강서준은 거두절미하고 놈에게 접근하기로 했다.

[당신은 반룡 몬스터 '레비아탄(A)'의 권역에 입장했습니다.]

[이곳은 '화산둥지'입니다.]

[화산둥지의 '유황가스'에 중독되었습니다.]

[스킬, '초재생(S+)'을 발동합니다.]

레비아탄에게 다가갈수록 유황가스의 양이 많아졌다.

초재생으로도 견디기 버거울 정도로 층층이 쌓여, 체력은
더더욱 빠르게 깎여 나갔다.

'오래 시간을 끌 생각도 없다.'

호흡을 중단한 강서준은 용아병의 날개를 펼쳤다. 놈이 포
효하며 꼬리를 휘둘렀지만 그를 스칠 수조차 없었다.

키아아앗!

놈이 분했는지 꼬리를 아래로 내리치자 용암이 하늘로 솟
구치는 기현상도 벌어졌다.

'이 정도는.'

헬 난이도의 자격 테스트 당시, 수십 개의 물기둥을 피했던 그였다. 이건 누워서 떡 먹기라고 할 법한······.

"······개수작을 벌이는군."

공중에 떠오른 용암은 사실 레비아탄의 함정이었다.

사방으로 흩어진 마그마가 갑자기 허공에 멈춰서, 일제히 강서준을 향해 날아왔으니까.

어느덧 피할 공간도 마땅치 않을 정도로 분화구의 상공엔 마그마의 파도가 밀려왔다.

'피할 수 없겠군.'

아예 회피를 놓은 강서준은 두 눈을 금빛으로 물들였다.

레비아탄은 강서준의 행동을 포기로 여겼는지, 기괴한 웃음을 내며 마그마를 조종했다.

강서준의 주변이 온통 붉은 마그마로 가득 차고, 치명적인 유황이 그의 피부마저 갉아먹을 즈음이었다.

강서준은 밀려드는 마그마를 향해 '그랑의 어금니 단검'과 '재앙의 유성검'을 동시에 휘둘렀다.

[스킬, '바다 가르기(S+)'를 발동합니다.]

[스킬, '바다 가르기(S+)'를 발동합니다.]

마그마도 물이라면 물이다.

물론 성질부터 차원이 다르겠지만 상관할 일은 아니었다.

바다 가르기의 실체는 그저 유동적인 물질을 베는 힘이라

볼 수 있을 테니까.

츠츠츠츠츳!

마력으로 코팅된 강서준의 검로는 마그마의 해일을 밀어

냈다. 그 틈을 노리고 레비아탄에게 쇄도한 강서준.

놈이 당황한 듯 마그마볼을 쏘아 내도 이미 흐름을 탄 강

서준을 저격할 수는 없었다.

크아아아악!

강서준은 레비아탄의 왼쪽 눈에 재앙의 유성검을 꽂아 넣

었다.

그리고 미련 없이 통증에 몸부림치는 레비아탄의 콧등을

발로 차, 이형환위를 사용했다.

강서준이 떠난 자리로 금세 마그마가 쏟아졌다.

크앗! 크아앗 캬아악!

레비아탄은 더욱 분노를 토해 내며 마그마를 조종했다. 더

는 방심하지도 않았다.

녀석은 말을 못 한들 지능이 떨어지진 않으니까.

오히려 전력을 다하는 맹수는 침착하게 전투를 이어 나갈

줄 안다.

아마 종전처럼 눈을 찌르거나 가까이에서 근접하는 행동

자체가 이젠 버거운 것이다.

놈은 대비를 했고.

마그마는 바닷물과 다르게 그 자체로도 치명적인 공격이
었다.

"흐음……."

강서준은 수평선 끄트머리에서 눈치도 없이 고개를 내미
는 해를 발견할 수 있었다.

일출까지 얼마나 남은 걸까.

조금만 더 견디면 밤 버프가 해제되고, 레비아탄의 수준도
한층 떨어진다.

그땐 쉽게 사냥할 수 있겠지.

"누구 마음대로!"

기껏 밤을 새워 가며 고생한 주제에, 덜 떨어진 보상만 받
을 순 없다.

강서준은 레비아탄의 눈에 꽂힌 재앙의 유성검을 향해 최
후의 스킬을 발동했다.

[장비, '재앙의 유성검'의 전용 스킬, '영역 선포'를 발동합니다.]
[칭호, '도깨비의 왕'을 확인했습니다.]
['핏빛 도깨비의 달'이 선언됩니다.]
[이 효과는 5분간 지속됩니다.]

핏빛의 유성이 레비아탄을 가르고 있었다.

〈몬스터 파크 현황판〉

1위. 강서준 (19,281pt)

2위. 마그리트 (6,723pt)

3위. 도로모로 (5,212pt)

4위. 링링 (3,922pt)

......

......

33위. 진백호 (1,572 pt)

강서준은 매일 하나 이상의 보스급 몬스터 사냥을 목적으로 움직였다.

늘 그랬듯 주된 사냥 시간은 밤.

혼자 움직이며 섬의 위험한 장소는 전부 찾아내어 공략하길 주저하지 않았다.

3일 차 새벽엔 협곡의 숨겨진 던전을 돌파했으며, 4일 차엔 밀림의 제왕이라 부르는 '자이언트 라이언'도 사냥할 수 있었다.

5일 차는 산등성이를 날아다니던 '오르하르콘 와이번'을 사냥했고, 6일 차엔 숲속 깊숙이 숨어 있던 '아크 리치'마저 죽였다.

그리고 7일 차 아침.

"29만 포인트라……."

그간 고생한 업적이 고스란히 담긴 현황을 보며, 강서준은 적잖이 안심할 수 있었다.

2위인 마그리트의 포인트는 이제 막 9만을 넘긴 상태. 이번 몬스터 파크의 1위는 따 놓은 당상이었다.

'특별한 혜택은 없겠지만.'

몬스터 파크의 핵심은 상위 12위 안에 드는 것이다.

1위부터 12위까지의 등수별 차등 혜택은 따로 정해진 게 없었다.

하지만 포인트는 많을수록 좋고, 기왕이면 1등이 낫다.

그 건방진 새끼용한테 뒤처지는 것보다는 백만 배는 나았다.

"……근데 언제 이렇게 레벨이 올랐지?"

가히 지구의 밸런스를 맞춘다는 말은 거짓이 없었다.

실질적인 사냥 시간으로만 따져도 고작 6일의 시간밖에 주어지지 않았는데, 결과는 본래 세계에서의 한 달보다 훨씬 많은 성과를 얻은 것이다.

"스탯만 따져도 이제 레벨 400도 거뜬하겠네."

드림 사이드 1에서 처음으로 400, 그러니까 S급에 다다랐을 때를 생각해 보면…… 정말 미친 속도가 따로 없었다.

"저…… 강서준 님?"

막 전투를 마치고 마을로 돌아온 참이었다. 강서준은 입구 언저리를 서성이던 진백호를 마주할 수 있었다.

"절 기다린 겁니까?"

"늘 이 시간에 돌아오시니까요."

서로 바쁘게 지내느라 얼굴 몇 번 보지 못했던 진백호는, 꽤 수척한 안색을 하고 있었다. 이곳에서의 여정이 쉽지만은 않은 모양이었다.

'수시로 보고받긴 했지만…… 흐음.'

사실 몬스터 파크에 들어온 이후로 강서준은 진백호의 근처로 백귀 '알리'를 심어 두고 있었다.

무의식에 심으면 좋겠지만, 그가 '주요 인물'이기 때문인지는 몰라도 그 안으로 침투하는 건 어려웠다.

대신 작은 파리의 무의식을 골라, 그 파리를 조종하여 줄 곧 진백호의 근처를 서성이며 따라다니고 있었다.

유사시엔 진백호를 지키거나, 그의 위기를 알려 주는 그만의 특별한 경보 체계였다.

'용케 헬 난이도 영역에도 진입한다지.'

소심한 그 성격이 걱정되긴 하지만, 지난 한 달의 훈련으로 꽤 훌륭히 성장한 진백호였다.

모르긴 몰라도 레벨로 쳐도 얼추 300대 중반은 거뜬히 넘길 수준.

물론 이는 수치로 환산한 내용이다.

'진백호는 가늠해선 안 돼.'

그가 가진 '무한동력'은 주변의 상황에 따라 '태풍'이 될 수 있고, '산들바람'으로 미약하게 퍼질 수도 있다.

외부의 마력을 고스란히 쓰는 능력.

그 덕에 정령왕을 둘이나 거느릴 수 있는 압도적인 재능이라 할 수 있었다. 이런 자에게 숫자란 무의미하다.

사실상 무한대의 활용이 가능하니까.

'정신력만 버텨 준다면…….'

강서준은 침울한 얼굴로 그를 바라보는 진백호의 생각을 얼추 눈치챌 수 있었다.

고민이 있는 모양인데, 여기서 플레이어의 고민은 아마 하나밖에 없을 것이다.

'포인트 벌이.'

강서준은 몬스터 현황에서 조금 스크롤을 내려, 진백호의 순위를 찾을 수 있었다.

'38위라.'

전 인류가 참여한 이벤트에서 38위란 숫자는 대단히 높은 위치였지만, 그의 능력이나 여건을 생각해 보면 확실히 낮은 순위다.

하물며 그는 강서준과 같은 날에 헬 난이도를 통과하여 누구보다 빨리 시작한 입장이 아니던가?

모든 상황은 그에게 유리했다.

그럼에도 뒤늦게 도착한 김훈, 링링, 최하나…… 심지어 상인인 지상수에게도 따라잡히고 말았다.

'상수 녀석…… 포인트에 눈 돌아가서 미친 듯이 움직이는 것 같더만.'

어쨌든 가진 능력에 비해 진백호의 성적은 확실히 처참한 수준이라 할 법했다.

강서준은 어깨가 축 처진 진백호를 내려다보며 말했다.

"알리에게 말하지 그랬어요. 그럼 좀 더 빨리 돌아왔을 텐데."

"어떻게 그래요. 제가 강서준 님의 시간을 이 이상 뺏을 수는 없어요."

강서준은 쓰게 웃으며 진백호의 얼굴을 바라봤다. 빤히 알리가 그를 쫓아다닌다는 걸 알면서도, 말하지 않고 그저 기다렸다는 건 그의 착해 빠진 성향을 보여 줬다.

진백호는 지금도 미안하단 얼굴로 입을 열었다.

"정말 민폐 끼치고 싶진 않았는데요. 정말…… 너무 답답해서 참을 수 없었습니다."

"무슨 일이라도 있어요?"

"그게요…….."

진백호는 둑이 터진 댐처럼 순식간에 넋두리를 풀어놓기 시작했다. 근데 그의 고민은 의외로 '포인트'보다 더 근본적인 데에 있었다.

"……더 강해지고 싶다고요?"

진백호는 힘없이 고개를 주억거리더니 입을 열었다.

"저도 나름대로 노력했어요. 몬스터 파크를 진행하면서 변하려고도 했고…… 몬스터도 많이 잡았어요."

그럴 것이다.

38위라는 순위를 거저먹은 건 아닐 테니까. 진백호도 나름대로 열심히 플레이한 결과였다.

"하지만 아무리 사냥해도 다른 분들과 격차만 벌어질 뿐이더라고요. 그때 알았어요. 강서준 님이나 다른 랭커 분들은 저와 차원이 다른 몬스터를 사냥하고 계신다는 걸요."

몬스터마다 주어지는 포인트의 양은 다르다.

당연히 수준이 높은 몬스터일수록 주어지는 포인트도 많았고, 결국 어떤 몬스터를 사냥하냐에 따라 순위는 극명하게 나뉘게 된다.

진백호는 몬스터 파크의 공략법을 정확히 꿰뚫고 있었다.

"그래서 저도 헬 난이도에 들어가기로 했어요. 열심히 사냥했고요. 근데 여전히 좁혀지긴커녕 멀어지기만 하더라고요."

강서준은 가만히 진백호의 두 눈을 들여다봤다. 또렷한 눈동자 속엔 승리에 대한 열망이 가득했다.

이는 플레이어라면 응당 가져야 할 마음가짐. 뒤처지고 싶지 않다는 강한 승부심.

강서준은 잠시 입을 닫았다.

'확실히 이상하긴 해.'

생각해 보면 진백호가 강해지지 못할 이유는 없었다.

그의 재능이 부족한가?

아니다. 차고 넘친다. 그는 지구 최강의 재능을 가졌다고 해도 과언이 아닐 것이다.

그렇다면 능력이 부족했나?

그도 아니다. 38위라는 수치가 증명했고, 지난날 함께하며 알게 된 사실은 진백호는 꽤 성실한 편이라는 것이다.

아무리 생각해도 진백호가 남들보다 밀릴 이유는 없었고, 오히려 치고 나가서 강서준을 대적하고 있어야 했다. 그는 그만한 재능을 갖고 있었다.

'그런데도 경쟁에서 밀린다는 건……'

강서준은 결론을 내리기에 앞서 진백호를 새삼스러운 시선으로 확인해 보기로 했다. 일단 진백호라는 사람에 대한 이해가 필요했다.

'우선 진백호는 주요 인물이다.'

천안에서 정령병에 사로잡혀 죽을 뻔했으며, 이후로 숱한 성장을 거듭하여 현재에 이른 정령사.

꽤 많은 수식어가 따라붙었지만, 가장 중요한 건 역시 그가 '주요 인물'이라는 점이다.

'진백호가 죽으면 세계는 멸망해.'

확실히 무한동력은 양날의 검이다.

잘 휘두른다면 최강의 힘이 되겠지만, 자칫 잘못하면 동료들까지 모조리 집어삼키는 거대한 폭탄이다.

강서준은 여기서 힌트를 얻을 수 있었다.

'잠깐…… 설마.'

강서준은 알리가 여태 그에게 보고했던 진백호의 사냥터나 몬스터들을 곰곰이 떠올려 봤다.

처음엔 하드 난이도에서 시작하여 점차 헬 난이도로 영역을 넓힌 건, 꽤 정석적인 플레이라 할 수 있다.

그는 확실히 군더더기 없는 사냥을 해 왔다.

할 수 있는 범위에서 노력했고 그 행동 패턴에선 이상한 점은 없었다.

강서준은 쓰게 웃었다.

'원인은…… 이거였군.'

차분하게 한숨을 내뱉으며 생각을 정리했다. 그리고 약간 불안한 표정으로 그를 바라보는 진백호와 시선을 마주했다.

"당신은 너무 평범해요."

"……네?"

"진백호 씨의 노력은 충분했어요. 늘 성실했고, 할 수 있는 노력을 다해 왔으니까요."

하지만 그걸로는 부족하다.

진백호가 노리는 지향점이 그저 강해지는 게 아니라, 강서준에 버금가는 '천외천'이라면.

말 그대로 최고의 결과를 내려면…….

"그것만으로는 안 되는 겁니다."

"……."

"남들도 똑같이 노력할 테니까요."

세상은 단순히 열심히 했다는 것만으로 우위를 점할 정도로 단순한 시스템이 아니다.

결과가 절대평가가 아닌, 상대평가로 이루어지는 한……

최고가 되기 위해서는 남들과 같아서는 어렵다.

"진백호 씨는 좀 더 모험을 할 필요가 있어요."

"네?"

문득 얼마 전에 켈이 그에게 '무모'하다는 말을 했던 게 생각이 난다.

그에겐 너무 일상적인 단어라 대수롭지 않았지만, 생각해 보면 무모란 드림 사이드에서 꽤 중요한 위치에 선다.

'진백호는 어떤 몬스터를 사냥하더라도 당장 본인이 처치할 수 있는 수준만을 노려. 그게 문제야.'

이유는 알 법했다.

'아마 본인의 처지를 너무 잘 알기 때문이겠지.'

그의 죽음은 전 지구적인 손실로 이어진다. 섣불리 무모할 수도 없는 입장이었다.

게다가 착해 빠진 그의 심성은 그가 움츠러들 수밖에 없는 이유가 된다.

강서준은 결론을 내릴 수 있었다.

"울타리 안에선 최고가 될 수 없어요. 조금 위험할 수도 있겠지만 때로는 무모한 모험도 필요한 겁니다."

진백호가 노리는 게 '최고'인 이상.

그리고 최고가 되고 싶은 게임이 '드림 사이드'인 이상…….

그는 모험을 해야 한다.

강서준이 아는 한, 드림 사이드를 공략하는 최고의 방법은 리스크를 감당해 내는 것이다.

'데스 리스크 데스 리턴.'

그게 진백호에게 결여된 것이다.

❦

강서준에게 상담을 신청한 이후, 진백호는 꽤 오랫동안 혼자만의 시간을 가졌다.

강서준이 말했었다.

'모험을 해야 한다고…….'

처음엔 무슨 소리인지 잘 이해할 수 없었지만, 좀 더 고민해 보니 맞는 말이라는 결론이 나왔다.

진백호는 그제야 자신이 안전해야 한다는 강박에 사로잡혀 있었다는 걸 인정했다.

'난 죽어선 안 되는 몸이니까.'

하지만 세상은 너무나도 빠르게 변한다. 정규 업데이트, 용의 등장…… 아마 오늘을 기점으로 세상은 또다시 평균적인 레벨이 올라갔을 것이다.

과연 '오늘' 안전한 것이, '내일'을 보장할 수 있을까?

"무모하더라도 모험을 해야 해."

진백호는 나지막이 바다 건너편의 폭풍을 바라봤다. 마력이 들끓어 폭주하는 그곳. 어렴풋이 보았던 한 몬스터의 형상을 떠올렸다.

"……나도 강서준 님처럼."

그는 오늘 모험을 하기로 했다.

같은 시각.

깊은 산골 어느 동굴 안에는 성난 분노를 토해 내는 한 인영이 있었다.

소리칠 때마다 붉게 타오르는 두 눈동자가 그의 정체를 증명했다.

"케이…… 케이…… 케이이이이!"

해츨링 마그리트.

그는 몇 번이고 몬스터 파크의 현황을 되새기며 분통을 터뜨리고 있었다.

참지 못해 내지른 주먹이 동굴을 흔들어 곳곳에 종유석을 떨어트렸다.

"젠자아아아앙!"

첫날엔 괜찮았다.

제아무리 케이라 해도 과거의 영광은 되찾지 못했고, 현황만 보더라도 그 순위는 압도적으로 우위였다.

문제는 둘째 날부터였다.

돌연 1위에 등극하더니, 약 올리기라도 하듯 점수 차이가 2배 이상이나 났다.

이후엔 어땠는가.

밤잠을 잊고 개고생을 해도 케이의 위를 점하는 일은 단 한 번도 없었다.

마그리트는 그게 분해서 참을 수 없었다.

"그깟 인간 따위에게……!"

한편으로는 긴장할 수밖에 없었다. 고생을 해도 점수를 따라잡을 수 없다는 건, 그만큼 케이가 강하다는 방증이었으니까.

'7일 차까지는 괜찮아. 하지만 8일 차부터는…….'

관리자의 개입으로 그들의 축제는 이렇듯 엉망진창이 되었다고 해도, 결국 축제는 변함없이 진행될 것이다.

그 '룰'대로라면?

"이대론 안 되겠군."

마그리트는 별수 없이 금기를 어기기로 했다.

❈

7일 차가 종료되는 새벽.

"으으……진짜 뭐 사지?"

"역시 스텟을 사야겠지? 가성비는 조금 떨어져도 장기적으로 보면 이쪽이 가장 투자하기 좋잖아."

"뭐래. 아이템을 사야지 당연히!"

방금 사냥터에서 마을로 귀환한 강서준은 여느 때와 다르게 활발한 분위기를 마주할 수 있었다.

다들 마지막이라고 밤을 새워서라도 부랴부랴 이벤트를 즐기는 듯했다.

실제로 지난밤엔 평소와 다르게 훨씬 많은 플레이어들이 위험을 무릅쓰고 사냥터를 전전했다.

시험 기간 내내 대충 하다가 벼락치기를 시도하는 수험생처럼, 플레이어들은 막바지 포인트 수급에 전력을 다했던 것이다.

"난 '오크의 강한 힘줄'을 살 거야. 이거 잘 가공하면 스킬이 된다고 들었어."

"어? 그런 것도 팔아?"

"이런 게 진짜 가성비라고! 이거 경매장 가면 100만 골드는 줘야 구할 수 있을걸?"

오늘 안에 쓰지 못하면 어차피 날아갈 포인트, 어떻게 잘 써야 소문이 날까 연구하는 모임마저 가지고 있었다.

'8일 차 이벤트에 참여할 수 있는 건 상위 12명뿐이니까 뭐⋯⋯.'

한편 의외의 행동을 하는 사람도 발견할 수 있었다.

"포인트 팝니다! 오늘을 놓치면 다음은 없어요! 여러분⋯⋯ 이벤트의 마지막을 이렇게 허무하게 날리실 건 아니죠?"

광장의 한쪽에서 현수막까지 내걸고, 누구보다 다른 행보를 보이는 한 플레이어.

던전 상인 잭. 그러니까 지상수는 수많은 사람을 모아 놓고 '포인트 판매'에 나서고 있었다.

강서준은 쓰게 웃었다.

'포인트의 양도가 가능한 건 알았지만⋯⋯.'

설마 그걸 빌미로 '포인트 장사'에 나설 줄이야. 강서준은 지상수의 장사 수완에 잠시 혀를 내둘렀다.

"어? 서준이 형!"

가까이 다가가니 지상수가 먼저 알은체를 했다. 포인트의 판매는 대개 그의 부하 직원인 '신우현'이 도맡아 하고 있어 자리를 비우는 건 티도 나질 않았다.

"형도 포인트 좀 살래요?"

"……됐어. 더럽게 비싸잖아."

포인트는 이벤트에서만 구하고 쓸 수 있는 한정 재화였다.

이를 모아서 살 수 있는 아이템은 스텟까지 존재할 정도로 가치는 상당한 편이었다.

지상수가 기꺼이 고가의 아이템을 포기하고 포인트 장사에 나선 데엔 그런 이유가 있었다.

자고로 아이템은 수요가 늘어나면 그 가치는 폭등하기 마련이니까.

하나의 비싼 아이템을 파는 것보다 다량의 포인트를 불특정 다수에게 팔아넘기는 것도 장사의 방법이다.

'길드들도 대량으로 구매하고 있다지.'

적당히 순위를 올리려고 돈을 모아 투자하는 길드들도 더러 있었다.

상위 12위 안에 어떻게 들고자 했던 이들.

하지만 아쉽게도 이벤트 순위에는 양도받은 포인트가 크게 영향을 주진 못했다.

그들이 아무리 티끌을 모아도 상위 12위가 모은 포인트양과는 하늘과 땅 차이였으니까.

결국 그들도 후일을 기약하며 아이템 수급에 발 벗고 나선 상태였다.

'게다가 한동안 아이템 거래 시장도 엉망이 되겠지.'

의외로 이벤트에서 가장 큰 타격을 입을 건 상인들이다.

몬스터를 사냥하기만 해도 주어지는 '포인트'로 생각보다 훨씬 희귀한 아이템을 구할 수 있다.

평소 상점에서도 보기 드물던 아이템들. 괜히 플레이어들이 혈안이 되어 움직이는 게 아니었다.

그리고 노력하는 사람이 늘어나는 만큼 시장엔 여태껏 희귀하던 아이템들이 대량으로 공급되기 마련이다.

한마디로 물건값이 예전만 못하게 된다는 뜻이다.

지상수가 굳이 포인트 장사로 전향한 가장 큰 이유가 아마 이쪽일 것이다.

지상수는 여전히 포기하지 않은 얼굴로 말했다.

"잘 생각해 봐요. 형."

"뭘?"

"만약 해츨링들이 담합해서 포인트를 모으면 어떡할 거예요? 그대로 1위를 뺏길 거예요?"

강서준은 쓰게 웃으며 답했다.

"퍽이나 걔네들이 그러겠다."

해츨링은 용을 지망하는 자들이고, 그들의 자존심도 미친 듯이 커다란 놈들이다.

그런 놈들이 포인트를 양도한다고?

되도 않는 소리였다.

게다가 설령 포인트를 모은다고 해도 강서준의 포인트를 바로 따라잡을 수 없을 것이다.

그만큼의 격차는 이미 벌어졌다.

'정말 사막에서도 모래를 팔 녀석이라니까.'

이후 강서준은 한쪽의 테이블에 모여 앉아 간단한 음식을 즐기는 사람들을 발견할 수 있었다.

그곳은 버뮤다 삼각지대처럼 유난히 사람들이 다가가길 꺼려 하는 분위기가 형성되어 있었다.

그도 그럴 게, 그곳에 앉은 사람들 태반이 각국의 정상인 것이다.

'현시대의 천외천.'

강서준은 안면이 익은 여러 사람을 눈여겨봤다. 그들은 한눈에 봐도 엄청난 성취를 이루고 있었다.

사실 이들에겐 포인트보다 이쪽이 더 핵심이다.

'평균적인 레벨이 엄청 올라갔네.'

최상위 랭커들의 수준은 상향 평등화되어 버렸다. 모르긴 몰라도 이 상태라면 0116 채널과 다시 연결되더라도 문제가 없을 것이다.

몬스터 파크의 목적인 밸런스 조절은 아주 성공적으로 이뤄졌다고 할 수 있었다.

그리고 강서준은 테이블의 한쪽에서 누더기 꼴로 음식을 냅다 마시는 한 남자를 볼 수 있었다.

"나도석 씨?"

"……여어."

그는 꽤 지친 얼굴이었다. 하지만 그 표정엔 자신감이 가득했고 엄청난 성취가 느껴졌다.

'정말 해왕을 뚫고 온 거야?'

강서준은 나지막이 해왕을 마주했던 순간을 상기하며 몸을 떨었다. 또한 새삼스럽게도 나도석이란 인물은 역시 괴물이란 생각이 들었다.

아마 높은 확률로 나도석은 '진백호'나 '파랑이', 그리고 '해츨링'들이 가졌을 조건을 성립시키지 못했을 터.

강서준이 그랬듯 해왕이란 높고 단단한 벽을 온몸으로 부딪쳐 넘어야만 했을 것이다.

'의외로 가장 크게 성장한 건 나도석일지도 모르겠어.'

강서준은 영안으로 나도석의 영혼을 살펴봤다.

해왕을 꿰뚫었을 그의 강인한 정신력이 영혼을 통해 고스란히 표출되고 있었다.

레벨도, 아이템도 범접할 수 없는 힘.

나도석은 영혼 그 자체의 수준이 진일보했다. 과연 전생조차 하질 않은 영혼이 이처럼 막강하다는 게 놀라울 뿐이다.

심신합일로 전투를 펼치는 그라면…… 앞으로의 활약이 더욱 기대될 수밖에 없었다.

"서준 씨. 고생 많았어요."

강서준이 자연스레 최하나의 옆자리에 앉자, 그녀가 육포를 건네면서 말했다.

그리고 시선을 마주친 강서준은 저도 모르게 몸을 떨었다. 최하나의 수준이 생각보다 훨씬 고강해져 있었다.

'엄청 노력했구나.'

전성기의 클라크까지는 못 되더라도, 확실히 이 정도면 지난번 '알페온 지하 수로'에서의 클라크는 뛰어넘었다고 볼 수 있었다.

A급 던전은 가뿐히 넘나들며 보스 몬스터에게도 충분한 딜링을 넣을 것이다.

문득 강서준은 의문사를 당한 몬스터에 대한 소문을 떠올렸다.

'주변엔 플레이어도 없는데 몬스터들이 픽픽 쓰러지는 기이한 현상이 곳곳에서 벌어졌다지.'

최하나가 그녀의 장기를 십분 활용하며, 초장거리에서 저격으로 사냥했기에 생겨난 소문이었다.

그녀는 그 작전으로 알게 모르게 엄청난 성장을 거듭했고, 현재 몬스터 파크에서도 6위에 등극했다.

"최하나 씨도 고생 많았어요."

한편 마침 명상을 마친 링링이 두 눈을 반개하며 물었다.

"그나저나 어떨 것 같아?"

"뭘?"

"사실 7일 차까지는 전반전이잖아. 8일 차부터 뭔가 새로운 게 추가되는 모양이던데."

8일 차부터 진행되는 연계 퀘스트. 어떤 새로운 내용이 추가될지는 아무도 알지 못했다.

오직 상위 12위 안에 들어야만 참가할 수 있다는 정보가 전부였다.

강서준은 어깨를 으쓱이며 말했다.

"글쎄. 보스 몬스터라도 나오지 않을까?"

여태 포인트 벌이를 위해 섬의 구석까지 살펴봤지만, 결국 보스 몬스터는 코빼기도 보지 못한 상태였다.

7일을 그리 찾아도 나오질 않는다는 건, 아직 등장조차 하질 않은 걸지도 모른다.

"뭐든 직접 겪는 수밖에 없겠지."

강서준은 슬슬 해가 떠오르는 바닷가를 바라봤다. 동쪽 해안 너머로 떠오른 햇빛은 주황빛으로 가득했고, 새카맣던 주변이 점차 다채롭게 빛나고 있었다.

"근데 진백호 씨는 어디 있어?"

주변을 둘러봤지만 진백호는 그림자도 찾을 수 없었다. 설마 아직 사냥터에서 돌아오지 않은 건가?

'괜한 말을 했나.'

좀 더 무모하게 행동하라느니, 안전한 울타리를 벗어날 필요가 있다느니.

그가 도출한 결론을 말했을 뿐이지만, 그게 무조건 정답이라 할 수는 없었다.

사람마다 성향이 다르고, 그 결과를 도출해 내는 과정도 전부 다르기 마련이니까.

진백호는 '대기만성형'일지도 모른다.

만약 그렇다면, 착실하게 성실함을 쌓아 언젠가 큰 그릇이 될 때까지 좀 더 여유를 갖고 기다려야 했다.

강서준은 한숨으로 상념을 털어 냈다.

'불안해하진 말자.'

그의 신변에 문제가 생겼다면 세계는 벌써 뭔가 조짐이 나타났을 것이다. 아이러니하지만 세계가 멀쩡하다는 건 그가 아직 살아 있다는 증거였다.

-왕이시여. 죄송합니다아……!

'뭘 또 죄송해. 네가 따라갈 수 있는 곳도 아닌데.'

알리가 머릿속으로 사죄를 구했지만 강서준은 개의치 않았다.

마지막으로 진백호가 향한 곳은 수평선 너머의 '폭풍 지대'라 추정되는 공간. 파리의 몸으로 따라갈 수 없는 게 당연하다.

'괜찮을 거야. 바다는 그의 영역이니까.'

수평선 너머에 괴물이 산다는 사실은 익히 알고 있었다. 또한 아직 그의 마력 조작 능력으로는 폭풍을 제어하기 어려울 것도 알았다.

……그렇기에 그곳으로 향한 거겠지.

"어? 저기!"

누군가의 외침을 따라 시선을 돌렸다. 그의 걱정이 무색하게 동트는 해를 뒤로하고, 진백호가 마을로 돌아오고 있었다.

동트는 해를 보고 있을 시점이라 사람들의 발견은 더더욱 빨랐다.

하지만 그들은 곧 바다를 거닐어 돌아오는 진백호에게서 관심을 떼야만 했다.

─드디어 다 모였군!

돌연 하늘에 거대한 빛무리와 함께 모습을 드러낸 꼬마가 있었으니까.

─반가워! 헬로! 난 관리자 샛별이야.

외관상 어린아이의 형태를 하고 있어 그런지 사람들의 눈은 당황으로 물들었다.

설마 관리자가 저런 꼬마일 줄은 상상도 못 했겠지.

말투도 예전처럼 격식을 차리지도 않아서 더더욱 그 외관에 잘 어울렸다.

샛별은 수많은 플레이어의 당황 섞인 시선을 대수롭지 않게 받아들이며 제 할 말을 이었다.

─오늘까지 이벤트에 참여한 걸 진심으로 고맙게 생각해. 그리고 일부 특혜가 있었다는 점은 인정해. 미안해!

"……특혜?"

—자격 테스트에서 '알 수 없는 이유'로 통과한 참가자들이 많았지?

"아, 역시 그게 특혜였나."

하지만 샛별은 의외의 말을 했다.

—혹시나 오해할까 봐 말하는데. 특혜를 받은 건 그들이 아니라, 오히려 인간들. 너희들이란 점을 착각하진 말았으면 해.

강서준은 미간을 구겼다. 샛별의 말을 이해할 수 없었기 때문이다.

'우리들이 특혜였다고?'

사람들이 모두 황당하단 표정을 지었기 때문일까. 샛별은 뒤이어 변명하듯 말을 첨언했다.

—사실 여긴 인간들이 아무런 제약 없이 출입할 수 있는 곳이 아니었으니까. 원래는 출입 자격은 훨씬 까다롭다고. 내가 억지로 참여시키느라 얼마나 고생했는지 알면…… 흠흠.

문득 이 섬에 들어온 이후로 줄곧 떠오른 의문을 상기할 수 있었다. 확실히 뭔가 이상하긴 했다.

'샛별이 급조한 이벤트라고 하기엔 너무 디테일한 부분이 많았지.'

관리자라고 만능은 아니다.

이만한 구역을 한 달 만에 뚝딱 만들었다고 하기엔 컨텐츠가 너무 정교하게 잘 만들어져 있었다.

'근데 기존에 있던 장소에 억지로 참여시킨 거라면…….'

모든 의문은 쉽게 해소된다.

모르긴 몰라도 해츨링들은 본래 이즈음에 이런 곳에 오는 게 의례처럼 있었던 모양이다.

잠시 뜸을 들이던 샛별은 플레이어의 소란이 약간 가라앉 자, 다시 말을 이어 나갔다.

-8일 차. 그러니까 이벤트의 마지막 날인 오늘, 상위 12 위 안에 들어온 이들은 '용의 시험'을 받게 될 거야.

용의 시험?

-그러니 애써 모은 포인트 낭비하지 말고 잘 갖고 있어. 가능하면 슬기롭게 써야 할 거야.

거기까지 말했을 때였다.

멀리 해가 떠오르고 8일 차의 시작을 알리듯, 마을 위로 웅장한 BGM이 깔리고 있었다.

샛별은 멀리 사냥터 쪽을 바라보며 말했다.

-참고로 지금부터 PVP가 허용돼.

……뭐?

동시에 마을의 외곽에서 폭음이 울렸다.

땅이 흔들리고 뭔가가 크게 터진 탓에 사람들의 시선이 대 번에 그쪽으로 향했다.

샛별은 씨익 웃으며 말했다.

-그러니 포인트 간수 잘해야 할 거야.

쿠우우우우우웅!
불길한 소음이 가까워지고 있었다.

다음 권으로 이어집니다

꿈의 도약, 로크에서 하십시오
(주)로크미디어에서 신인 작가를 모십니다

즐거운 세상, 로크미디어는 꿈을 사랑하고 도전을 두려워하지 않는 작가 분들의 참신한 작품을 기다리고 있습니다. 21세기 장르 문학계를 이끌어 갈 차세대 선두 주자 (주)로크미디어에서 여러분의 나래를 활짝 펴 보시길 바랍니다.

모집 분야 판타지와 무협을 포함한 장르 문학
모집 대상 아마추어 작가, 인터넷 작가
모집 기한 수시 모집
작품 접수 시 유의 사항
　1. 파일명은 작가명_작품명.hwp형식을 갖춰 주십시오.
　1. 파일에 들어갈 내용은 다음과 같습니다.
　　─ 성명(필명인 경우 실명을 밝혀 주세요), 연락처, 이메일 주소
　　─ 제목, 기획 의도
　　─ A4용지 1장 분량의 등장인물 소개
　　─ A4용지 2장 분량의 전체 줄거리
　　─ 본문
　1. 작품이 인터넷에 연재되고 있다면, 게시판명과 사이트의 구체적이고
　　정확한 주소를 기재해 주십시오.

선택된 작품은 정식 계약 후 출판물로 간행되어 전국 서점에 유통됩니다.
작가 분은 (주)로크미디어의 전폭적인 지원하에 전속 작가로 활동하시게 됩니다.
※ 자세한 내용은 로크미디어 홈페이지(rokmedia.com)를 참조하세요.

(04167)서울시 마포구 마포대로 45 일진빌딩 6층
(주)로크미디어 편집부 신간 기획 담당자 앞
전화 : 02) 3273 - 5135
www.rokmedia.com　　이메일 : rokmedia@empas.com